Harry Potter™ 哈利波特

穿越 魔法史

A Journey Through A HISTORY OF MAGIC

大英圖書館—特別策畫

林靜華—譯

國家圖書館出版品預行編目資料

哈利波特：穿越魔法史/大英圖書館；林靜華譯. --
初版. -- 臺北市：皇冠，2018.02
面；公分. -- (皇冠叢書；第4677種)(CHOICE;313)
譯自：Harry Potter - A Journey Through A History
of Magic
ISBN 978-957-33-3361-6 (平裝)

1.英國文學 2.小說 3.文物展示
873.57   106024244

皇冠叢書第4677種
CHOICE 313

哈利波特：穿越魔法史
Harry Potter - A Journey Through A History of Magic

作　　者—大英圖書館
譯　　者—林靜華
發 行 人—平雲
出版發行—皇冠文化出版有限公司
　　　　　台北市敦化北路120巷50號
　　　　　電話◎02-27168888
　　　　　郵撥帳號◎15261516號
　　　　　皇冠出版社(香港)有限公司
　　　　　香港上環文咸東街50號寶恒商業中心
　　　　　23樓2301-3室
　　　　　電話◎2529-1778　傳真◎2527-0904
總 編 輯—龔橞甄
責任主編—許婷婷
責任編輯—楊惟婷
美術設計—王瓊瑤
著作完成日期—2017年
初版一刷日期—2018年02月

法律顧問—王惠光律師
有著作權‧翻印必究
如有破損或裝訂錯誤，請寄回本社更換
讀者服務傳真專線◎02-27150507
電腦編號◎ 375313
ISBN◎ 978-957-33-3361-6
Printed in Taiwan
本書特價◎新台幣549元/港幣183元

●皇冠讀樂網：www.crown.com.tw
●皇冠Facebook：www.facebook.com/crownbook
●皇冠Instagram：www.instagram.com/crownbook1954
●小王子的編輯夢：crownbook.pixnet.net/blog

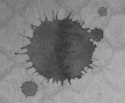

CONTENTS

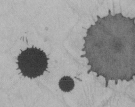

哈利波特的魔法世界

1997年6月26日，《哈利波特：神秘的魔法石》出版了，從那以後，《哈利波特》系列故事便創下非凡紀錄，在全世界銷售超過四億五千萬本，被翻譯成80種不同的語文。

為了慶祝《哈利波特》問世二十週年，大英圖書館特別舉辦一項館藏魔法文物展：「哈利波特：魔法的歷史」。

這項展覽以霍格華茲的魔法課程為核心，揭開《哈利波特》系列故事中相關的民間傳說與神話故事。你將在本書中看到大英圖書館策展小組從館內的典藏品，以及從其他機構和世界各地收藏家的珍藏中精心挑選出的相關文物。

加入這些策展人的旅程一同探索……

✳ 可以在家試做的魔法 ✳

✳ 這個墓碑上的人據信就是真正製造魔法石的人

✳ 多幅插畫版《哈利波特》中由吉姆·凱繪製的精美藝術作品，
包括霍格華茲教授與奇獸的草圖、研究及最後的定稿

✳ 有助於展開這段魔法史之旅的專文解說

✳ J.K.羅琳從未公諸於世的個人收藏資料，包括她的親筆素描及手稿

✳ 魔法世界正在等待你……

The Journey

✥ 旅程 ✥

哈利心中感到非常興奮，他不知道他自己即將奔向的會是什麼——
但必然會比他拋在背後的一切要好得多了。《哈利波特：神秘的魔法石》

1990年，J.K.羅琳在一次從曼徹斯特搭火車前往倫敦的途中遇到火車誤點，在等待之際，她首度萌生撰寫《哈利波特》系列故事的念頭。接下來的五年中，她陸續構思了七部後來獲獎無數的同系列小說，1995年她終於在布魯姆斯伯里出版公司為它們找到一個家，從此展開哈利波特的魔法之旅……

《神秘的魔法石》的關鍵時刻

眾所周知，《哈利波特：神秘的魔法石》在被布魯姆斯伯里出版公司接受之前，曾遭到八家出版社婉拒。布魯姆斯伯里出版公司的編輯將羅琳的手稿以卷軸的方式呈遞上去，並為它寫了許多讚美之詞，稱揚它有可能獲得當時最著名的史瑪堤童書獎。出版社創辦人兼執行長奈傑爾·牛頓將這份書稿帶回家給他八歲的女兒愛麗絲看。

愛麗絲一口氣讀下去，讀到〈斜角巷〉這一章時她寫下一段評語，這張可愛的評語一直被保存至今。愛麗絲讀了前幾章後意猶未盡，央求父親將剩餘的篇幅帶回去給她閱讀。愛麗絲的介入至關重要，因為在第二天公司召開的選題會上，會議主席奈傑爾·牛頓批准了編輯巴瑞·康寧漢的提案，同意出版《哈利波特：神秘的魔法石》。此舉被認為是童書出版史上最成功的投資。

> The excitment in this book made me feel warm inside. I think it is possibly one of the best books an 8/9 yearold could read

* 這本書很精采、刺激，讓我覺得很感動。我認為它可能是八、九歲小孩看得懂的書中最棒的一本。

八歲的愛麗絲·牛頓閱讀《哈利波特：神秘的魔法石》書稿後所寫的讀後感

——奈傑爾·牛頓

作者的
故事綱要

這是作者J.K.羅琳將《哈利波特：神秘的魔法石》前幾章書稿交給出版社時一併附上的故事綱要。這篇綱要對霍格華茲魔法學院課程的描述，使學習魔法這件事聽起來非常刺激。文中並摘錄部分故事內容，概述哈利波特的世界為何如此令人著迷，布魯姆斯伯里出版公司的編輯小組因此對它產生興趣。

J.K.羅琳的《哈利波特：神秘的魔法石》故事綱要打字稿（1995年）

——J.K.羅琳

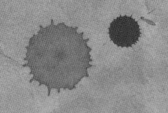

故事綱要

哈利波特與他的阿姨、姨丈和表哥同住，因為他的父母在一場車禍中喪生了──他們總是這樣告訴他。德思禮一家人不喜歡哈利問問題；事實上，他們似乎不喜歡和他有關的一切，尤其是那些經常發生在他身邊的古怪的事情（這些連哈利自己也無法解釋）。

德思禮夫婦最擔心的是哈利發現他自己的身世真相，所以當哈利的十一歲生日即將來臨，那些信件開始陸續出現時，他們不准哈利讀他的信。然而，德思禮夫婦所面對的不是一般普通的郵差。哈利的生日當天午夜，身材巨大的魯霸·海格破門而入，親自上門確保哈利終於讀到那些信。海格不理會飽受驚嚇的德思禮一家人，明白告訴哈利他是一個巫師，而寄給哈利的那些信件是要通知哈利，一個月之後他就要去霍格華茲魔法與巫術學院就讀。

讓德思禮夫婦更憤怒的是，海格把過去的真相都一五一十地告訴哈利。哈利額頭上的傷疤不是車禍造成的。它事實上是一個很屬害的黑巫師佛地魔下的毒手。他殺死哈利的父親和母親，卻不可思議地無法殺死哈利，即便哈利當時只是個小嬰兒。哈利在秘密散居全國各地的巫師和女巫中非常有名，因為哈利奇蹟似地存活下來便象徵佛地魔的勢力衰微。

於是，沒有朋友也沒有一個名副其實的家的哈利，開始在魔法世界過新生活。他和海格前往倫敦購買他就讀霍格華茲所需的物品（長袍、魔杖、大釜、初學者藥劑與魔藥調製器具）。不久，哈利從王十字車站（九又四分之三月台）出發，開始追隨他父母的腳步。

哈利與榮恩‧衛斯理（家中排行第六，對自己老是用二手的符咒課本感到厭倦），及妙麗‧格蘭傑（同年的一年級新生中最聰明的女生，也是班上唯一知道龍血所有使用方法的學生）成為朋友。他們一起上一年級的魔法課程——半夜兩點在學校的最高塔上天文學，在培育魔蘋果與牛扁的溫室內上藥草學，在地牢裡跟著令人厭惡的賽佛勒斯‧石內卜教授上魔藥學。哈利、榮恩與妙麗發現了學校內的秘密通道，學會如何應付愛吵鬧的皮皮鬼，以及如何對付憤怒的山怪。其中最美好的是，哈利成為魁地奇（騎飛天掃帚的巫師足球賽）的明星球員。

哈利和他的朋友最感興趣的是為何校方嚴禁學生接近三樓的走廊。他們循著海格（當他不幫忙送信時，他同時也是學校的鑰匙管理員）無意中透露的一條線索，發現世上唯一僅存的魔法石就藏在霍格華茲。這種石頭能帶給人無窮的財富與長生不死的能力。似乎只有哈利、榮恩和妙麗發現精通魔藥學的石內卜打算偷走魔法石——魔法石一旦落入壞人手中，後果將不堪設想，因為這個魔法石是佛地魔恢復力量東山再起的唯一寄託……看樣子，哈利進入霍格華茲後將會與殺害他父母的兇手面對面，但他對於他上次為何會倖免於難卻一無所知……

霍格華茲
校園草圖

這是J.K.羅琳在她的書稿中所附的「霍格華茲魔法與巫術學院」校園草圖。我們可以看到湖中有一隻巨無霸烏賊。J.K.羅琳在寫給出版社編輯的信中提到：「這是一直存在我的腦海中的校園草圖。」這些不同的建築與林木都是《哈利波特》系列故事中不可或缺的一環，情節與地點密切貫穿整個系列故事。J.K.羅琳指出：「渾拚柳必須很醒目」，凸顯出它在《哈利波特：消失的密室》及《哈利波特：阿茲卡班的逃犯》故事中的重要性。

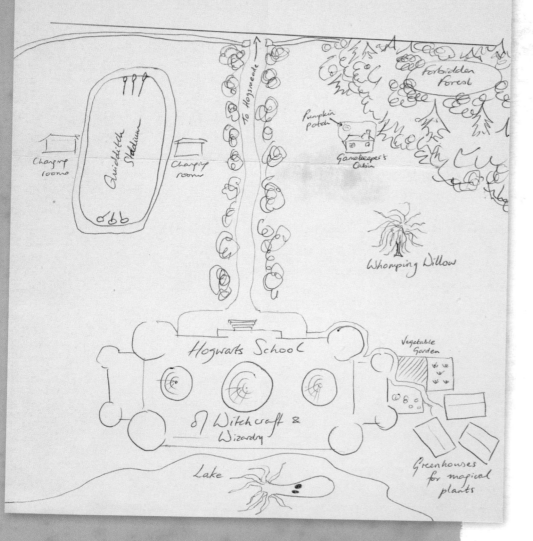

J.K.羅琳繪製的「霍格華茲校園草圖」
——布魯姆斯伯里出版公司

霍格華茲
的教授

「霍格華茲魔法與巫術學院」的核心是幾位住在學校裡面的教授。哈利就讀霍格華茲期間，阿不思（Albus在拉丁文中是白色的意思）‧博知維‧巫服利‧布萊恩‧鄧不利多與麥米奈娃教授扮演了極重要的角色。在吉姆‧凱繪製的這兩幅畫像中，鄧不利多手上拿著一袋看起來像是檸檬雪寶的東西，兩眼凝視著遠方。麥教授身上穿著深綠色的衣服，頭髮往後梳挽成一個髻，鼻梁上架著一副眼鏡。

吉姆‧凱繪製的「阿不思‧鄧不利多畫像」
——布魯姆斯伯里出版公司

PROF. MINERVA McGONAGALL

哈利波特與
德思禮一家人

水蠟樹街四號的德思禮夫婦總是得意的說他們是最正常不過的人家，托福托福。

《哈利波特：神秘的魔法石》

哈利波特的故事最早是從水蠟樹街四號他姨父家的外面開始說起。海格與鄧不利多教授及麥教授三人在屋外商討哈利的未來。右圖是J.K.羅琳早在《哈利波特：神秘的魔法石》發行前的若干年親筆畫的一張素描，描繪這個看起來極不協調的一家人。

「早期我很喜歡把我想像的東西畫出來……我有種衝動，想實際看見這些在我腦中四處冒險的角色長什麼樣子。」

J.K.羅琳（2017年）

在這張素描中，哈利（儘管他在德思禮家過著悲慘的生活）是唯一面帶笑容的人。在他旁邊雙手抱胸的是達力・德思禮。佩妮阿姨和威農姨父站在兩個男孩背後，佩妮阿姨一隻手抓著達力的肩膀。

吉姆・凱繪製的「麥教授畫像」

——布魯姆斯伯里出版公司

J.K.羅琳繪製的「哈利波特與德思禮一家人」（1991年）

——J.K.羅琳

Fig 1: Harry Potter & the Durslays

霍格華茲特快車

一輛猩紅色的蒸氣火車，停靠在一個擠滿人潮的月台邊靜靜等候。車頭上的招牌寫著：霍格華茲特快車，十一點。

《哈利波特：神秘的魔法石》

吉姆·凱繪製的這幅精美圖畫是《哈利波特：神秘的魔法石》插畫版的封面。吉姆·凱以不同的繪畫技巧創作他的藝術作品。他先以炭筆快速畫出輪廓，或以彩色鉛筆勾勒細緻的線條，然後再用油畫或水彩顏料著色。有時則採用數位的方式。

這幅插畫顯示王十字車站的九又四分之三月台上，學生們紛紛登上這輛經典的霍格華茲特快車的忙碌景象。哈利波特也出現在畫面上，他和滿滿一推車的行李與貓頭鷹「嘿美」站在熙熙攘攘的人群中。

這列霍格華茲特快車的煙囪頂上裝飾著一個會吐出火焰的獸首，車頭上嵌著一盞明亮的照明燈，車頭正面坐著一隻有翅膀的小豬。

吉姆·凱繪製的
「九又四分之三月台」

——布魯姆斯伯里出版公司

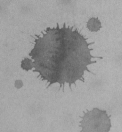

魔藥學與鍊金術

古代鍊金術致力於提煉魔法石，這是一種擁有驚人力量的傳奇物質。這種石頭可以把所有金屬變成純金。此外，它也可以用來製造長生不死藥。一種可以讓飲下它的人永生不死的靈藥。《哈利波特：神秘的魔法石》

研究鍊金術的人通常對三件事感興趣：尋找魔法石、找出長生不老的關鍵，以及解開將普通金屬變成貴金屬金或銀背後的秘密。但要真正瞭解鍊金術，你必須先瞭解魔藥學……

人類炮製魔藥已有數千年的歷史。魔藥（potion）這個字來自拉丁文的「potio」，是「飲」的意思。炮製魔藥的原因有很多，但不外是用來醫療、下毒或麻醉。雖然不是所有的魔藥都能炮製成功，但這並不能阻止人們不斷去嘗試。魔藥可以用來治療骨折；魔藥可以使你吐露真相；魔藥可以使一個人陷入熱戀──人類可以為了一切的一切，把各種神奇的東西混合在一起。

吉姆・凱繪製的「石內卜教授畫像」
──布魯姆斯伯里出版公司

賽佛勒斯・石內卜教授

專任科目：魔藥學

（及後來的黑魔法防禦術）

外表：石內卜教授被形容為一頭油膩的黑髮，大鷹勾鼻和蠟黃的皮膚。他的眼珠據說是黑色的，冰冷而空洞。

你知道嗎：「劫盜地圖」中的月影、蟲尾、獸足與鹿角，當年與石內卜一起在霍格華茲求學時，為石內卜取了一個綽號──鼻涕卜。

一位莫測高深的教授

雖然石內卜教授在哈利就讀霍格華茲的早期階段被形容為一個「人人討厭」的人，但我們發現外表往往會欺騙人。當石內卜個人的真實故事被揭露後，一道不一樣的光芒照在他身上，使我們得以重新檢視他過去的言行舉止，並以不同的方式去感知它們。

這位冷酷無情、尖酸刻薄，除了他自己學院（史萊哲林）學生之外，沒有任何人喜歡他的石內卜教授，是魔藥學專任教師。

《哈利波特：消失的密室》

PROF. SEVERUS SNAPE

魔藥學

魔藥學是霍格華茲學生必修的學科之一。

「跟史萊哲林一起上兩堂魔藥學，」榮恩說，「石內卜是史萊哲林學院的導師，他們說他總是特別偏袒他們——我們待會兒就知道這是不是真的了。」

《哈利波特：神秘的魔法石》

這張魔藥學老師帶學生上課的圖片，是歐洲第一本印刷版自然歷史百科全書《健康園地》（拉丁文書名：Ortus Sanitatis）中的插圖。這本百科全書內容涵蓋植物、動物、鳥類、魚類與礦物。在這張插圖中，魔藥學老師左手拿著一根細長的棒子，他的助手打開一本配方書，但有幾個學生似乎不怎麼專心聽老師講解。

雅各・梅登巴赫著作的《健康園地》
（斯特拉斯堡，1491年）

——大英圖書館

你知道嗎？

這本木雕版印百科全書的色彩是手工著色的。木雕版印是一種印刷形式，藝術家先在一塊木頭的表面雕刻圖案，接著在上面塗上油墨，然後把塗了油墨的木塊按壓在紙上，印出雕刻的圖案。

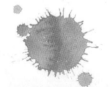

自己做

調配魔藥

調配魔藥的藝術可能需要經過多年的練習才能臻於完美，但你連一堂魔藥課都不必上也可以在家自己做。

若要調配有漩渦螺文、色彩豔麗、金光閃閃，並且可以喝的魔藥，你可以在一杯檸檬水中添加幾滴食用色素（任何你喜歡的顏色），再加入一點可食用的金粉（用來裝飾蛋糕的那種），然後攪拌均勻。靜置一會兒後，它就是一杯清澈的有色藥水，但是你再攪拌它時，金粉就會呈現漩渦狀漂浮，使它看起來就像一杯神奇的魔藥。

若要調配會改變顏色的魔藥，將少許紫色高麗菜切碎放進一個碗裡，然後找一位成年人幫你在碗裡注入滾水，靜置十五分鐘後濾出菜渣，留下湯汁，你就會有一杯紫色的藥水。若想改變顏色，就加入檸檬汁或醋，它就會變成紅色；或者加入一點碳酸氫鈉（即食用小蘇打），它就會變成綠色或藍色。舀一湯匙原汁在一個玻璃杯中，然後倒入檸檬水，你就會看到它轉成紅色。這是可以喝的，而且不會有高麗菜的味道！

「……我可以教導你們如何萃取名聲，熬煮榮耀，甚至阻止死亡——前提是，你們不能像我常常教到的那些超級蠢蛋那麼愚昧。」　石內卜教授／《哈利波特：神秘的魔法石》

毛糞石

「毛糞石是從山羊胃裡取出的一種石頭，用來解毒非常有效。」

石內卜教授／《哈利波特：神秘的魔法石》

毛糞石是真實存在的東西，它可以在某些動物的胃裡面找到，是沒有消化的纖維所形成的結石。它們的大小不一，但通常約有一顆雞蛋那麼大。「bezoar」這個字取自波斯語的「解毒劑」，最早由阿拉伯醫生引進中世紀歐洲。人類曾在牛的消化器官，甚至大象的消化器官中發現它們，但大多數是來自山羊的胃。

裝在精緻鏤空雕花金匣內的毛糞石
——科學博物館

毛糞石被認為可以治癒幾乎任何一種中毒，雖然不是每個人都相信它的神奇特性，但直到十八世紀毛糞石仍然十分流行。一些富有的收藏家，如教皇、國王和貴族都不惜花費鉅資擁有一顆頂級的毛糞石。據《藥材全史》（A Compleat History of Druggs）記載，毛糞石的效力視生成它的動物而定。

在《哈利波特：混血王子的背叛》中，哈利在上史拉轟教授的魔藥課時，從他那本《進階魔藥調配學》教科書上看到這麼一行字：

「只要把一顆毛糞石塞進他們的喉嚨就行了。」

《哈利波特：混血王子的背叛》

後來榮恩喝下遭人下毒的蜂蜜酒時，哈利就如法炮製，因而拯救了他朋友的性命。但這個方法對哈利與榮恩雖然有效，你**絕對不能**在家自己嘗試！

真相

動物

從前，動物身上的不同部位會被用來炮製藥劑。有些人相信這麼做能獲得這種動物的特性。例如，有一種隱形藥水的配方中必須加入一隻黑貓，這是由於黑貓在夜間幾乎看不見，人們就以為喝下這種藥水便能使人隱形。

皮耶・波麥編著的《藥材全史》第二版（倫敦，1725年）

—— 大英圖書館

藥劑師招牌

「……殺害獨角獸是一種非常殘酷的事，」翡冷翠說，「只有那些已經一無所有，可是又想要獲得一切的人，才會犯下如此恐怖的罪行。即使你只剩下最後一口氣，獨角獸的血也可以延續你的生命，但你也必須為此付出慘重的代價。」

翡冷翠／《哈利波特：神秘的魔法石》

在人類歷史上，獨角獸的血液、毛髮和角始終被認為具有強力的醫療效果。人們會付出大筆金錢去取得這些稀有而珍貴的物品。這個18世紀的藥劑師招牌就是使用這種珍貴的獨角獸雕像。雕像與圖像常被用來做商店的標誌，因為當時大多數人口都不識字。

這塊以橡木雕刻，頭上有一根真正的白色長牙的招牌是一種標記，目的是告訴顧客這家藥劑師商店能提供珍稀的異類療法。當然，它根本不是真正的獨角獸的角（那是不可能的），而是獨角鯨的長牙。獨角鯨（narwhal）又稱「海中的獨角獸」，由於牠們的長牙外觀與質地都很像獨角獸的角，因此人類常獵殺牠們，奪取牠們珍貴的長牙出售。

真相

什麼是藥劑師？

藥劑師是歷史上用來形容那些炮製與出售藥品的人的術語。草藥與化學成分的研究是現代科學的基礎。今天我們稱從事這種工作的人為藥學家或化學家。

你知道嗎？

直到近代，科學家都還不確定獨角鯨為什麼會有這種長牙。但最新的研究顯示，這些長牙是感應器官，用來偵測獨角鯨四周環境的變化，提醒牠們食物和其他鯨魚的出現。

獨角獸首形狀的
藥劑師招牌（18世紀）
──科學博物館

魔藥瓶

這是吉姆‧凱為插畫版《哈利波特：神秘的魔法石》繪製的一幅插畫，畫中顯示一組精美細膩的魔藥瓶，在畫家的筆下，每一只藥瓶似乎都充滿了生命力。這些迷人的魔藥瓶裡面裝著什麼？是可以讓骨頭重新長出來的「生骨藥」？能為調配魔藥的人帶來好運的「福來福喜」？還是喝下它就能變成另外一個人的「變身水」……

吉姆‧凱繪製的「魔藥瓶」
——布魯姆斯伯里出版公司

陰暗的牆壁旁排列著擺滿大玻璃罐的置物架，罐中漂浮著各式各樣的噁心東西，而哈利現在根本沒心情去看它們的名稱。

《哈利波特：消失的密室》

「你們到這兒來，
是為了學習調配魔法藥劑
的精密科學與
正確技術……」

《哈利波特：神秘的魔法石》

巴特西大釜

陽光把附近商店前的一堆大釜照得閃閃發亮。門前的招牌上寫著：釜——各種尺寸——銅、黃銅、白鑞、銀——自動攪拌——可折疊。

《哈利波特：神秘的魔法石》

大釜是與巫術有關的最著名的物品之一，它們可以製成各種形狀與大小，並且有許多不同的用途，其中包括調配魔藥。

這個大釜已有近三千年的歷史，它是由七片青銅打造、焊接而成，釜口邊緣有兩個提把。它被製造完成後，經過了兩千多年才在泰晤士河中被人發現。

我們無法得知或確認這個大釜是否曾經有巫師使用過，但因它的做工精細，而且被保存得很好，很可能是屬於一個非常富有的人。

巴特西大釜（約公元前800-600年）
——大英博物館

奈威不知怎的把西莫的釜燒成一團歪七扭八的鐵塊，釜裡的藥汁也全都潑到了石頭地板上，把其他學生的鞋子腐蝕出一個個的小洞。

《哈利波特：神秘的魔法石》

使用大釜
的女巫

女巫身邊總是有個熱氣蒸騰的大鍋的觀念已流傳了幾世紀，但她們與大釜扯上關係卻一直要到1489年才出現在印刷品上。德國法學家烏立克・莫利托編著的《關於女巫與女占卜師》（On Witches and Female Fortune Tellers）中，就有最早的女巫使用大釜的版印圖像。從這幅插圖中可以看到兩名年長的女性為了製造冰雹，正把一條蛇和一隻公雞投入一個冒出火焰的大釜。這本書當時廣為流傳，助長了人們對女巫的假設性概念。

有些故事中，大釜不只是用來裝魔藥；它們本身就具有魔力！

在J.K.羅琳所寫的《吟遊詩人皮陀故事集》中，〈巫師與跳跳鍋〉這篇故事就是在講一個自私的巫師不肯用他的魔法為麻瓜治病，但他的大釜本身就具有魔力—— 它長出一隻腳，緊緊跟在巫師身邊跳來跳去，發出乒乒乓乓、哐啷哐啷的噪音，一刻也不停止。最後巫師再也無法忍受，當他答應幫助麻瓜解決困難時，大釜就安靜下來了。

烏立克・莫利托著作的《關於女巫與女占卜師》
（科隆，1489年）

——大英圖書館

每個生病與哀傷的家庭，巫師都盡其所能地救助他們，漸漸地，緊跟在旁的燉鍋停止呻吟和乾嘔，變得安靜、晶亮而乾淨。

《吟遊詩人皮陀故事集》

《哈利波特：混血王子的背叛》編輯稿

哈利升上六年級時，史拉轟教授被延聘到霍格華茲教魔藥學。右邊這兩頁是J.K.羅琳與她的編輯在《哈利波特：混血王子的背叛》的初稿中所作的註記。

第一頁是史拉轟教授的第一堂魔藥學上課情形。他給班上學生看幾種魔藥，妙麗自然都認得出來。這一頁底下的星號標記與手寫文字指出，這個地方應該加入妙麗說出她自己喜歡的香氣。

妙麗的手熟練的搶在其他人之前舉起，史拉轟指指她。「那是吐真劑，一種無色無味的魔藥，可以迫使喝下的人說出真話。」妙麗說。

《哈利波特：混血王子的背叛》

'It's Veritaserum, a colourless, odourless potion that forces the drinker to tell the truth,' said Hermione.

'Very good, very good!' said Slughorn, beaming at her. 'Now, this one here is pretty well-known... featured in a few Ministry leaflets lately, too... who can -?'

Hermione's hand was fastest once more.

'It's Polyjuice Potion, sir,' she said.

Harry, too, had recognised the slow-bubbling, mud-like substance in the second cauldron, but did not resent Hermione getting the credit for answering the question; she, after all, was the one who had succeeded in making it, back in their second year.

'Excellent, excellent! Now, this one here... yes, my dear?' said Slughorn, now looking slightly bemused, as Hermione's hand punched the air again.

'It's Amortentia!'

'It is indeed. It seems almost foolish to ask,' said Slughorn, who was looking mightily impressed, 'but I assume you know what it does?'

'It's the most powerful love potion in the world!' said Hermione.

'Quite right! You recognised it, I suppose, by its distinctive mother-of-pearl sheen?'

'And the steam rising in characteristic spirals,' said Hermione. ✳

'May I ask your name, my dear?' said Slughorn, ignoring these signs of embarrassment.

'Hermione Granger, sir.'

'Granger? Granger? Can you possibly be related to Hector Dagworth-Granger, who founded the Most Extraordinary Society of Potioneers?'

'No, I don't think so, sir. I'm Muggle-born, you see.'

✳ 'and it's supposed to smell differently to each of us, according to what attracts us, and I can smell freshly-mown grass and new parchment and —' But she turned slightly pink and did not complete the sentence.

175

在這一頁初稿中，哈利在查閱他那本《進階魔藥調配學》時，注意到上面有一句混血王子寫的咒語「撕淌三步殺」（Sectumsempra），後來他才明白使用一個不瞭解的咒語的危險性。

哈利正準備放下書本，卻注意到有一頁的書角折了起來，他翻開那一頁，原來是他在幾個星期前做的記號，上頭是撕淌三步殺咒語，旁邊寫著「敵人專用」。

《哈利波特：混血王子的背叛》

《哈利波特：混血王子的背叛》初稿，附上J.K.羅琳與她的編輯所作的註記（約 2004-2005年）
——布魯姆斯伯里出版公司

'How many times have we been through this?' she said wearily. 'There's a big difference between needing to use the room and wanting to see what Malfoy needs it for –'

'Harry might need the same thing as Malfoy and not know he needs it!' said Ron. 'Harry, if you took a bit of Felix, you might suddenly feel the same need as Malfoy –'

'Harry, don't go wasting the rest of that Potion! You'll need all the luck you can get if Dumbledore takes you along with him to destroy a,' she dropped her voice to a whisper, 'horcrux – so you just stop encouraging him to take a slug of Felix every time he wants something!' she added sternly to Ron.

'Couldn't we make some more?' Ron asked Harry, ignoring Hermione. 'It'd be great to have a stock of it… have a look in the book…'

Harry pulled his copy of *Advanced Potion-Making* out of his bag and looked up *Felix Felicis*.

'Blimey, it's seriously complicated,' he said, running an eye down the list of ingredients. 'And it takes six months… you've got to let it stew…'

'Dammit,' said Ron.

Harry was about to put his book away again when he noticed that the corner of a page turned down; turning to it, he saw the 'Sectumsempra' spell, captioned 'for Enemies,' that he had marked a few weeks previously. He had still not found out what it did, mainly because he did not want to test it around Hermione, but he was considering trying it out on McLaggen next time he came up behind him unawares.

The only person who was not particularly pleased to see Katie Bell back at school was Dean Thomas, because he would no longer be required to fill her place as Chaser. He took the blow stoically enough when Harry told him, merely grunting and

鍊金術士
尼樂‧勒梅

哈利、榮恩與妙麗就讀霍格華茲一年級時，花了許多時間尋找有關尼樂‧勒梅的資料。他們的努力沒有白費，最後終於發現他是唯一已知的魔法石製造者。

數個世紀以來，出現過許多關於魔法石的研究報告，但目前現存的唯一一顆石頭，是屬於尼樂‧勒梅先生所有。他是一位著名的鍊金術士，同時也是一位歌劇愛好者。勒梅先生剛於去年歡度他的六百六十五歲生日，目前與他的妻子長春（六百五十八歲）在得文郡過著平靜快樂的生活。

《哈利波特：神秘的魔法石》

尼樂‧勒梅（Nicolas Flamel）是歷史上的真實人物，雖然他曾被認為是個鍊金術士，但他並沒有真的製造出魔法石。事實上他是個富有的地主，有些資料來源說他是個書商。勒梅一輩子都住在巴黎，1418年去世。這張圖片是受勒梅與他的妻子珮蕾奈爾（Perenelle，小說中譯為「長春」）委託繪製的「諸聖嬰孩」紀念，圖中勒梅夫婦以委託人的身分跪在聖人旁邊禱告。

尼樂‧勒梅夫婦的回憶錄中的水彩插畫
（法國，18世紀）
——大英圖書館

COMMENT LES INNO=
=CENS FVRENT OCCIS
PAR LE COMMANDEMĒT
DV ROY HERODES .

墓碑

真正的尼樂‧勒梅死後葬在巴黎聖雅各屠宰場教堂
（Saint-Jacques-de-la-Boucherie）的墓園內。他的墳
前立著這塊中世紀石碑，碑高58公分，上面刻有法
文。碑頭雕刻耶穌基督與聖彼得、聖保羅及太陽和
月亮的圖像，碑底的人像即是逝者尼樂‧勒梅。

尼樂‧勒梅的墓碑（巴黎，15世紀）
——法國國立中世紀博物館

「……這其實就好像是過完極漫長的一天之後，
好好上床睡覺一樣。再說，對一個真正健全的
心智而言，死亡只不過是下一場偉大的冒險。」

鄧不利多／《哈利波特：神秘的魔法石》

奎若與魔法石

這是J.K.羅琳的《哈利波特：神秘的魔法石》第17章的部分手稿，其中大部分對白與發行的版本內容相同，但在這張手稿中，哈利說了一句與奎若對峙的話：

「你還沒有拿到魔法石……鄧不利多很快就到了，他會阻止你。」

哈利與奎若的這句對話，在編輯處理文稿時經過調整，但最後被刪除了。

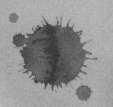

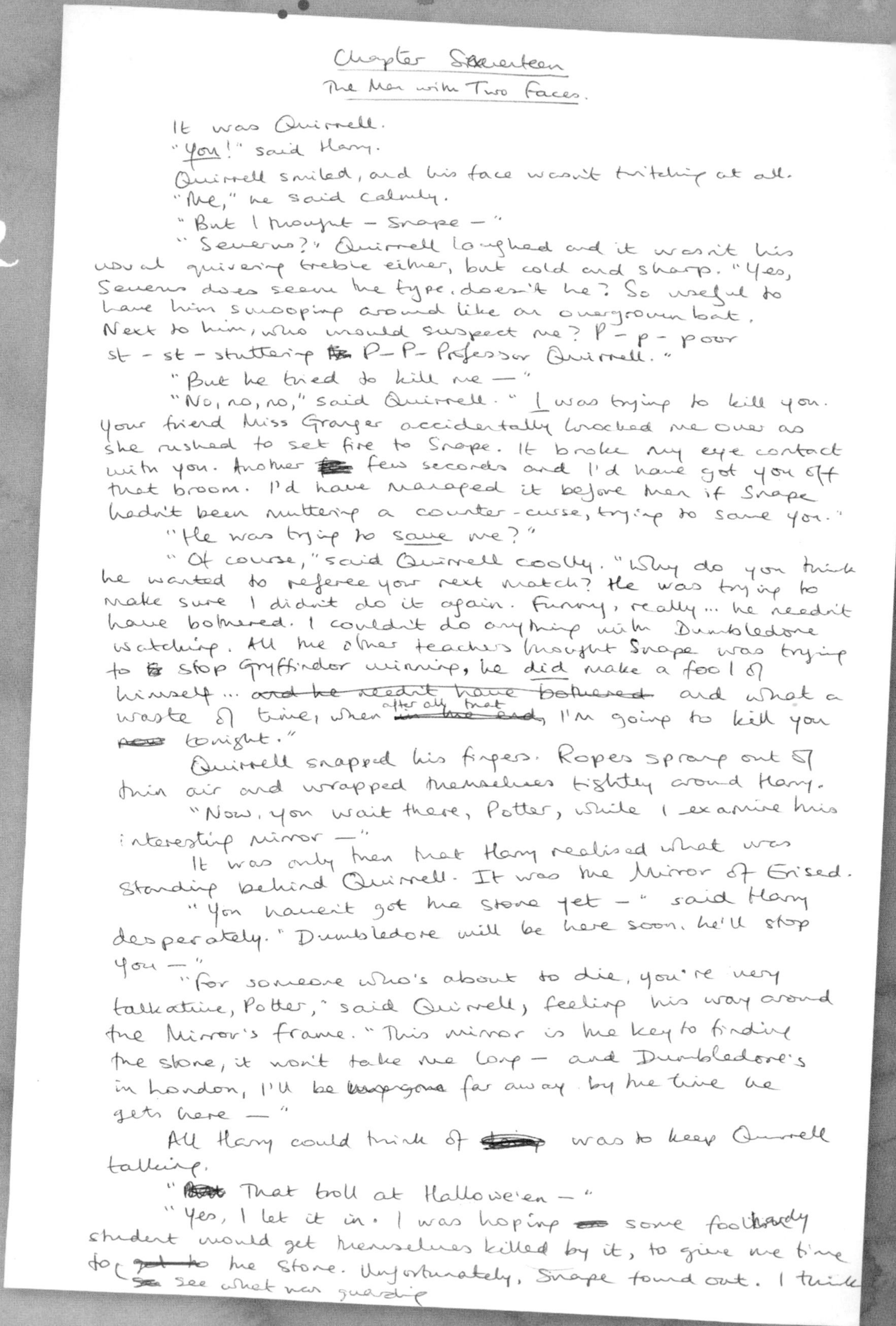

Chapter Seventeen
The Man with Two Faces.

It was Quirrell.
"You!" said Harry.
Quirrell smiled, and his face wasn't twitching at all.
"Me," he said calmly.
"But I thought — Snape —"
"Severus?" Quirrell laughed and it wasn't his usual quivering treble either, but cold and sharp. "Yes, Severus does seem the type, doesn't he? So useful to have him swooping around like an overgrown bat. Next to him, who would suspect me? P — p — poor st — st — stuttering P — P — Professor Quirrell."
"But he tried to kill me —"
"No, no, no," said Quirrell. "I was trying to kill you. Your friend Miss Granger accidentally knocked me over as she rushed to set fire to Snape. It broke my eye contact with you. Another few seconds and I'd have got you off that broom. I'd have managed it before then if Snape hadn't been muttering a counter-curse, trying to save you."
"He was trying to save me?"
"Of course," said Quirrell coolly. "Why do you think he wanted to referee your next match? He was trying to make sure I didn't do it again. Funny, really … he needn't have bothered. I couldn't do anything with Dumbledore watching. All the other teachers thought Snape was trying to stop Gryffindor winning, he did make a fool of himself … and what a waste of time, when after all that, I'm going to kill you tonight."
Quirrell snapped his fingers. Ropes sprang out of thin air and wrapped themselves tightly around Harry.
"Now, you wait there, Potter, while I examine this interesting mirror —"
It was only then that Harry realised what was standing behind Quirrell. It was the Mirror of Erised.
"You haven't got the stone yet —" said Harry desperately. "Dumbledore will be here soon, he'll stop you —"
"For someone who's about to die, you're very talkative, Potter," said Quirrell, feeling his way around the Mirror's frame. "This mirror is the key to finding the stone, it won't take me long — and Dumbledore's in London, I'll be far away by the time he gets here —"
All Harry could think of was to keep Quirrell talking.
"That troll at Hallowe'en —"
"Yes, I let it in. I was hoping some foolhardy student would get themselves killed by it, to give me time to see what was guarding

that ghost with ~~his head hanging off~~ the loose head tipped him off. Snape came straight to the third floor corridor to head me off ... and you didn't get killed by the troll! That was why I tried to finish you at the Quidditch match — but blow me if I didn't fail again."

Quirrell rapped the Mirror of Erised impatiently.

"Dratted thing ... trust Dumbledore to come up with something like this ..." He stared hungrily into the mirror. "I see the stone," he said. "I'm presenting it to my Master ... but where is it?"

He went back to feeling his way around the mirror.

~~A sudden thought struck~~ Harry's mind was racing, at this moment,

B

"What I want more than anything else in the world, at this moment," he thought, "Is to find the stone before Quirrell does. So if I look in the mirror, I should see myself finding it — which means I'll see where it's hidden. But how can I look without him realising what I'm up to? ~~&~~ I've got to play for time ..."

"I saw you and Snape in the forest," he blurted out.

"Yes," said Quirrell idly, walking around the mirror to look at the back. "He was ~~onto~~ me. Trying to find out how far I'd got. He suspected me all along. Tried to frighten me — as though he could scare me, ~~when I had~~ Lord Voldemort ~~behind me~~ on my side."

"But Snape always seemed to hate me so much —"

"Oh, he does," Quirrell said casually. "Heavens, yes. He was at ~~school~~ Hogwarts with your father, didn't you know? They loathed each other. But he ~~never~~ didn't want you dead."

"And that warning burned into my bed —"

"Yes, that was me," said Quirrell, now ~~&~~ feeling the mirror's clawed feet. "I heard you and Weasley in my class, talking about Philosopher's Stones. I ~~thought~~ thought you might try and interfere. ~~So~~ Pity you didn't heed my warning, isn't it? Curiosity has led you to your doom, Potter."

"But I heard you a few days ago, ~~crying~~ sobbing — I thought Snape was threatening you —"

For the first time, a spasm of fear flitted across Quirrell's face.

"Sometimes —" he said, "I find it hard to follow my Master's instructions — he is a great man and I am weak —"

"You mean he was there in the classroom with you?" Harry gasped.

"He is with me wherever I go," said Quirrell softly. "I met ~~him~~ with him when I ~~travelled~~ round the world, a ~~&~~ foolish young man, full of ~~ridiculous~~ ridiculous ideas about good and evil. Lord Voldemort showed me how wrong I was. There is no good and evil. There is only power, and those too weak to seek it ... Since then, I have served him faithfully, though I have let him down many times. He has ~~had to be~~ very hard on me." Quirrell shuddered suddenly. "He does not forgive mistakes easily. When I failed to steal the stone from

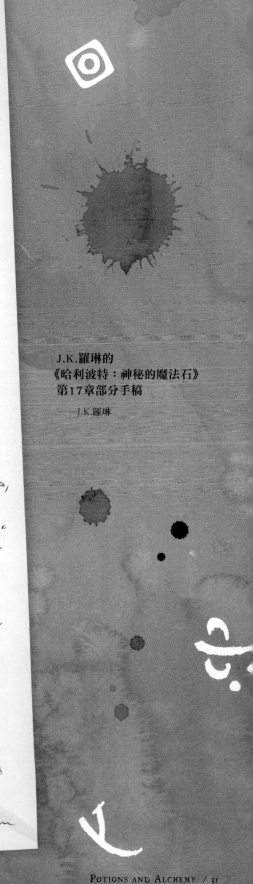

J.K.羅琳的
《哈利波特：神秘的魔法石》
第17章部分手稿
——J.K.羅琳

驚見毛毛

這張J.K.羅琳的親筆素描，顯示奈威、榮恩、哈利、妙麗及蓋瑞（後來改名為丁，但他在這一幕的角色後來被刪除了），猛然見到一頭看守魔法石的巨大三頭犬時的驚嚇表情。

J.K.羅琳在這張素描中刻意強調每個角色的特徵：奈威身上的兔寶寶睡衣，榮恩臉上的雀斑，以及妙麗的大門牙。我們可以從這張素描清楚看到J.K.羅琳想像中的幾個角色當時臉上的表情。

他們眼前站著一頭目光炯炯，像山一樣大的巨犬。牠龐大的身軀塞滿了從地板到天花板中間所有的空間。牠有三個頭。三對骨碌碌轉動的怒眼；三個朝著他們不斷抽搐抖動的鼻子；三個淌著口水的血盆大口，泛黃的巨齒上垂掛著一行行滑不溜丟的黏液。

《哈利波特：神秘的魔法石》

L-R : Neville, Ron, Harry, Hermione, Gary
Chap 7 - Draco Duel

J.K.羅琳用鋼筆繪製的「哈利和他的朋友們」（1991年）

——J.K.羅琳

你知道嗎？

這一幕原先計畫放在第7章〈跩哥的決鬥〉中，但後來經過編輯處理後移到第9章，並且更名為〈午夜的決鬥〉。

三頭犬

三頭犬（Cerberus）在許多古代傳說中占有重要的地位。希臘神話中的三頭犬是怪獸，負責看守通往地獄的大門，故又稱地獄犬。

這幅由藝術家愛德華·伯恩－瓊斯（1833-1898年）創作的木雕版畫，主要是為威廉·莫里斯的詩集《人間天堂》（The Earthly Paradise）所做的插圖。故事中的主角賽姬被派去冥府執行任務時，她必須用一塊蜂蜜蛋糕將可怕的地獄犬引開。

愛德華·伯恩－瓊斯與威廉·莫里斯合作的插圖
「賽姬將一塊蜂蜜蛋糕扔給地獄犬」（約1880年）
——伯明罕博物館暨美術館

吉姆·凱繪製的「毛毛」
——布魯姆斯伯里出版公司

里普利卷軸

令人驚歎的《里普利卷軸》（Ripley Scroll）是一件神秘的錬金術手稿，在這些被稱為「關於長生不死靈藥的詩句」中附有許多迷人的插畫，而這些詩句就是製造魔法石的偏方。

卷軸的名稱取自它的作者喬治・里普利（約1490年逝世）。據報導，他不但研究錬金術，還寫了一本如何製造魔法石的書《錬金術複方》（The Compound of Alchymy）。這個卷軸上畫了許多龍、蟾蜍，以及一隻附帶文字說明的單翅鳥：「我名赫米斯之鳥／食我羽翼馴服我。」

你知道嗎？

這件手稿的長度大約有六公尺，幾乎有一頭長頸鹿那麼高！由於它實在太長了，因此在2017年「哈利波特：魔法的歷史」特展之前，這件卷軸幾乎沒有被完全展開過，原因是館內沒有一張夠長的桌面可以將它完全張開！

《里普利卷軸》
（英格蘭，16世紀）
——大英圖書館

「你知道，魔法石其實不是那麼棒的東西，有了它，不管你想擁有多大的財富和多長的壽命，它都可以幫助你實現願望！而這正是大多數人類所最希望獲得的兩樣東西——但問題是，人類偏偏就是喜歡選擇那些對自己最沒好處的東西。」

鄧不利多教授／《哈利波特：神秘的魔法石》

《里普利卷軸》部分內容

HERBOLOGY
藥草學

每個禮拜有三天，必須隨著一位叫芽菜教授的矮胖小女巫，到城堡後面的溫室去研讀藥草學，在那裡學習如何照料各種奇怪的植物與菌類，查出它們的用途。《哈利波特：神秘的魔法石》

數千年來，藥草學迷人且重要的研究協助我們利用植物來治療疾病。人們研究藥草一方面是為了增進健康，一方面是為了瞭解植物的醫療特性。

藥草學是所有霍格華茲學生的必修科目，在這些課堂上，學生們學習如何照料植物，探索它們神奇的特性及它們的用途。這個魔法世界中有數不清的植物具有神奇的效果，而且是調配魔藥的材料。每一個年輕的巫師或女巫的基礎教育中都會學到許多植物，其中包括魔蘋果、泡泡莖及魚鰓草。

帕莫娜・芽菜教授

專任科目：**藥草學**

外表：芽菜教授被形容為一個身材矮胖的女巫，一頭蓬亂的花白頭髮，身上總是沾了一大堆泥巴。

你知道嗎：哈利與榮恩升上二年級時開衛斯理先生的福特怪車去學校，撞上渾拚柳之後，芽菜教授奉派負責修復傷痕累累的渾拚柳。

真相

藥用植物

許多現代藥物都取自植物。治療心臟病的地高辛就是從毛地黃萃取的，止痛劑嗎啡與可待因則來自罌粟花，奎寧至今仍被用來治療瘧疾，阿斯匹靈的主要化學成分是水楊苷，它可以從柳樹的樹皮提煉出來。

你知道嗎？

用一片羊蹄葉在被蕁麻刺到的傷口上揉幾下可以舒緩疼痛。人們以為這是羊蹄葉的化學成分與蕁麻的化學成分產生作用的結果，但事實上只是羊蹄葉的清涼汁液使傷口感覺舒服一點。

吉姆・凱繪製的「帕莫娜・芽菜教授畫像」
— 布魯姆斯伯里出版公司

芽菜教授

「——而且要小心毒鬚，它有牙齒。」她說完就朝一株長滿尖刺的深紅色植物狠狠拍了一下，嚇得它趕緊收回偷偷爬到她肩膀上的長觸鬚。

《哈利波特：消失的密室》

J.K.羅琳用鋼筆繪製的
「帕莫娜‧芽菜教授」
（1990年12月30日）

——J.K.羅琳

這張素描是J.K.羅琳在《哈利波特：神秘的魔法石》正式出版前七年畫的，圖中顯示芽菜教授身邊圍繞著許多她在藥草學課堂上研究的植物。芽菜教授戴著一頂女巫帽，帽尖上垂掛著一隻蜘蛛。

仔細觀察圖中所畫的植物，可以看到一些不尋常的特點。從花盆裡面延伸出來的會不會就是鬼鬼祟祟的毒觸手，正想找個什麼東西抓住？

真相

會動的植物

植物雖然會動，但大部分都動得很慢，不易察覺。然而，也有少數幾種快動作的植物，捕蠅草就是用兩片結構特殊的葉片，像闔上一本書般抓住昆蟲。這種敏感的植物，如果你碰它一下，或吹它一下，它會迅速閉合構造精巧的葉片，莖葉也會軟塌下去。

魔蘋果根

「魔蘋果是大部分解毒劑都會用到的主要材料，但在另一方面，它也是有相當的危險性。誰能告訴我這是為什麼？」妙麗的手才剛消失在哈利鏡片後方，就又立刻重新舉起。「魔蘋果的哭聲，對聽到的人來說有致命的危險。」妙麗流利地答道。

芽菜教授與妙麗／《哈利波特：消失的密室》

「魔蘋果」（mandrake）確有其物，它又名「曼德拉草」（Mandragora），或稱「毒參茄」，而且它們的根部確實很像人的形狀，以致古來許多文化都認為它們是具有特殊能力的植物。根據中世紀的藥草誌記載，曼德拉草有巨大的醫療潛力，人們相信它們可以治癒頭疼、耳朵疼、精神錯亂及其他疾病。

然而，相傳把曼德拉草拔出後它的根會發出尖叫，聽到這種尖叫聲的人會發狂。人們相信採收曼德拉草最穩妥的方法是用象牙棒把它的根鬚挖鬆，接著拿一條繩子，一頭拴在植物上，另一頭拴在一條狗身上，然後吹號角發令（號角聲可以掩蓋曼德拉草根的尖叫聲），或用一塊肉引誘狗前進，一旦狗往前移動就能拖出曼德拉草。

事實上，曼德拉草不會真的哭叫，但它們仍然具有危險性：它們的葉子有毒，一旦誤食會使人產生幻覺。

一塊真正的曼德拉草根
（英格蘭，16或17世紀）
——科學博物館

喬瓦尼・卡達莫斯托所繪的藥草插圖
（義大利或德國，15世紀）
——大英圖書館

Mandragora

真相

植物與聲音

任何植物都不會真的發出聲音，但有些植物似乎具有聽力！最近的一項研究顯示，假如播放毛毛蟲咀嚼的聲音給各種不同的植物聽，它們會分泌毛毛蟲不喜歡吃的化學物質，這樣就可以保護它們不受昆蟲的啃食。

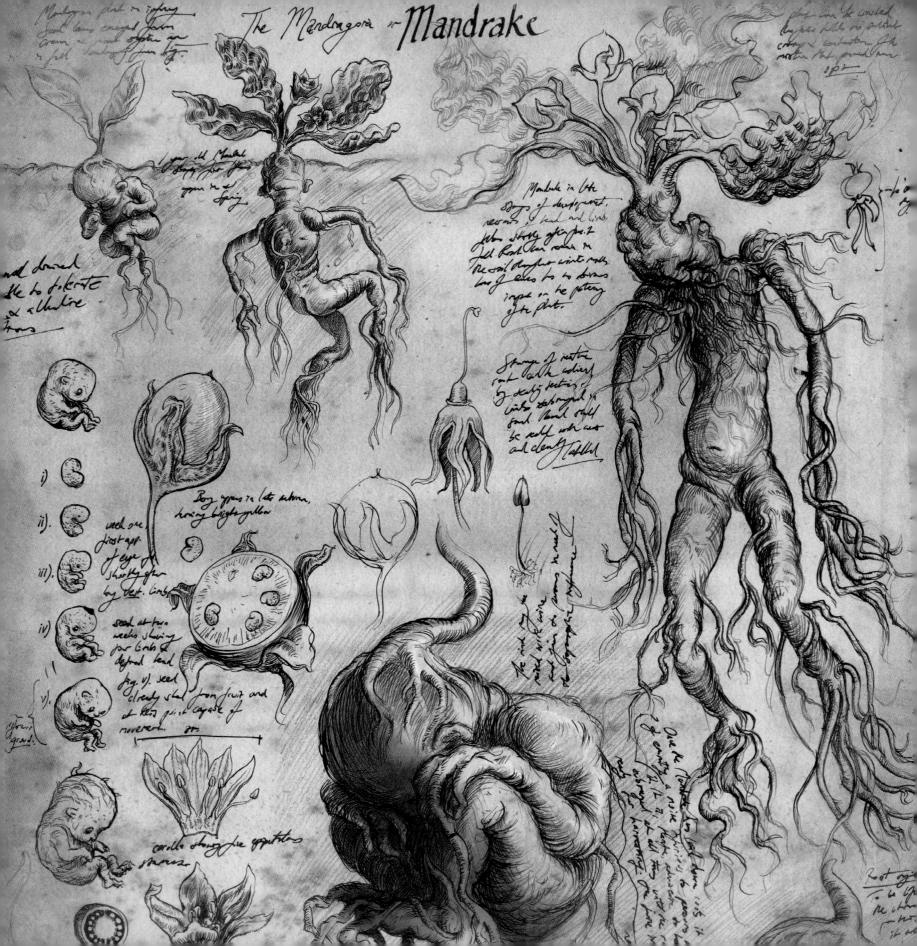

魔蘋果的研究

破土而出的並不是植物的根，而是一個沾滿泥巴且非常醜陋的小嬰兒。叢生的葉簇就長在他的頭上。他有著布滿斑點的慘綠皮膚，而他正在用全身的力氣尖聲狂叫。

《哈利波特：消失的密室》

吉姆・凱在這幅插畫中畫出一株嬰兒期的魔蘋果和一株成熟期的魔蘋果。植物的根巧妙地構成成熟的魔蘋果身體，一簇簇的葉子從它的頭上長出。成熟的魔蘋果葉子上還萌發出漿果，暗示這株植物已達成熟的生殖階段。這幅插畫顯然是根據寫生（吉姆・凱曾在英國皇家植物園「邱園」擔任策劃），以及參考在任何植物圖書館都能找到的植物自然研究圖鑑而繪製的。

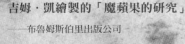

吉姆・凱繪製的「魔蘋果的研究」
——布魯姆斯伯里出版公司

自 己 做

變色花

用這個改變顏色的訣竅為你的花製造一些魔法！你需要幾朵白色的鮮花（康乃馨的效果最好）和一點食用色素——任何你喜歡的顏色均可。

在一個玻璃杯中注入半杯水，加入食用色素，使它成為一杯深顏色的水。接下來請一位成年人幫你將花莖的底部剪掉幾公分，再將修剪過的花垂直插入那杯有顏色的水中。仔細觀察你的花，你會發現一段時間之後它的顏色開始改變，它在那杯水中停留的時間越久，花瓣的顏色就會越深。

想製造一朵雙色花，就請一位成年人將一朵白色的花沿著花莖的長度剖成兩半，但頂部的花朵必須保持完整！然後將剖成兩半的花莖分別插入兩杯以不同顏色的食用色素調製的水中，仔細觀察它逐漸變成一朵雙色花！

雌、雄曼德拉草

佩達紐斯・迪奧斯克里德斯（約公元90年逝世）是希臘的植物學家與藥學家，他是最早將曼德拉草區分為雌、雄的作者之一。事實上，這是因為地中海區有不只一種當地產的曼德拉草，所以才有這種分別。

藥草誌

全球各地都有人在研究許多植物神奇的醫療特性。藥草誌就是研究植物的書籍。它描述植物的外觀、特性，及如何利用它們來炮製藥膏與藥品。《哈利波特》系列故事中提到的許多神奇的藥草與魔藥，都可以從那些畢生奉獻於探索世間不可計數的各種植物的人所作的研究中找到相關資料。

《卡爾培柏的藥草誌》

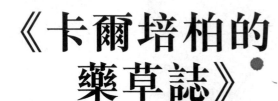

尼可拉斯·卡爾培柏（1616-1654年）編撰的這本藥草書籍一般通稱為《卡爾培柏的藥草誌》（Culpeper's Herbal）。它最早是在1652年以《英格蘭醫生》（The English Physician）的書名出版，從那以後陸續出現了一百多種版本，是在北美洲出版的第一本醫學書籍。

卡爾培柏希望人人都能閱讀這本書，因此他以英文而不以傳統的拉丁文書寫。他的《藥草誌》中詳列當地的藥用植物、適用的特定疾病，以及最有效的治療方式與服藥時間。

J.K.羅琳為《哈利波特》系列故事進行研究時，就參考了卡爾培柏的著作。

「我有兩本卡爾培柏的著作，一本是我在幾年前買的便宜的二手書，一本是布魯姆斯伯里出版公司送我的美麗的精裝本。」

J.K.羅琳（2017年）

卡爾培柏編撰的《英格蘭醫生；及藥草全書》
（The English Physician; and Complete Herbal，倫敦，1789年）

——大英圖書館

你知道嗎？

卡爾培柏是一位沒有執照的藥劑師，醫學教授都不喜歡他，因為他們認為只有他們才有資格在倫敦行醫。卡爾培柏與醫學院發生衝突，並在1642年以使用巫術的罪名被審判（但後來被宣判無罪）。

伊麗莎白·布萊克韋爾的《奇趣的芳草》

《奇趣的芳草》（Curious Herbal）這本書背後有一段令人難以置信的歷史。這部作品是由作者伊麗莎白·布萊克韋爾（1707-1758年）親自繪圖、雕刻與上色的，目的是為了籌款將她的丈夫亞歷山大從債務人監獄（監禁無法償還債務的人的牢獄）贖回。

這本書是在1737-1739年間，以每週發行若干篇幅的方式出版，全書共有500幅插圖。伊麗莎白在倫敦「切爾西藥草園」（Chelsea Physic Garden）臨摹這些植物後，將圖稿帶去監獄給亞歷山大過目，確認每一株植物。

透過銷售此書的收入，伊麗莎白終於籌足了贖金使她的丈夫獲釋，但亞歷山大後來逃往瑞典，其後又因涉及一起政治陰謀被判處死刑。伊麗莎白孤身一人住在英格蘭，於1758年去世。

真相

藥草誌

世界各地的文明炮製草藥已有數千年的歷史。它們都是非常重要的書籍，因為千百年來，人們只能從它的內容獲得醫療諮詢。這些書籍除了解說植物的醫療用途外，往往還附加藥草的「神奇」資訊。人們相信身體上某個特定部位的疾病，可以利用與那個部位的形狀相似的植物來治療，於是肺病可以用兜蘚（又稱療肺草）來治療，因為它帶有斑點的葉片與肺臟的形狀相似。

伊麗莎白著作的《奇趣的芳草》（共兩卷，倫敦，1737-1739年）中的龍蓮屬植物。本書內含五百種至今仍在醫學上被廣為使用的最有療效的植物

——大英圖書館

蛇根草

在中世紀時代，學習藥草的人往往會做詳細的筆記供自己日後查閱。他們會記錄不同植物的特性並繪製它們的圖像。

這本彩色精美的藥草誌是在倫巴底（義大利北部）繪製的，時間大約是1440年左右，它的持有者可能是一位富商。書中有各種不同的植物圖鑑，每一幅都栩栩如生，底下還有一段簡短的文字說明，其中一幅蛇根草就有好幾個拉丁學名，包括：「dragontea」、「serpentaria」與「viperina」。文中宣稱這種植物能醫治蛇咬傷。

一條昂首吐信的青蛇盤據在蛇根草的根部附近，左側有一條回頭向後咆哮的龍，龍舌分叉，龍尾虯結。牠的拉丁學名叫「Draco magnus」。

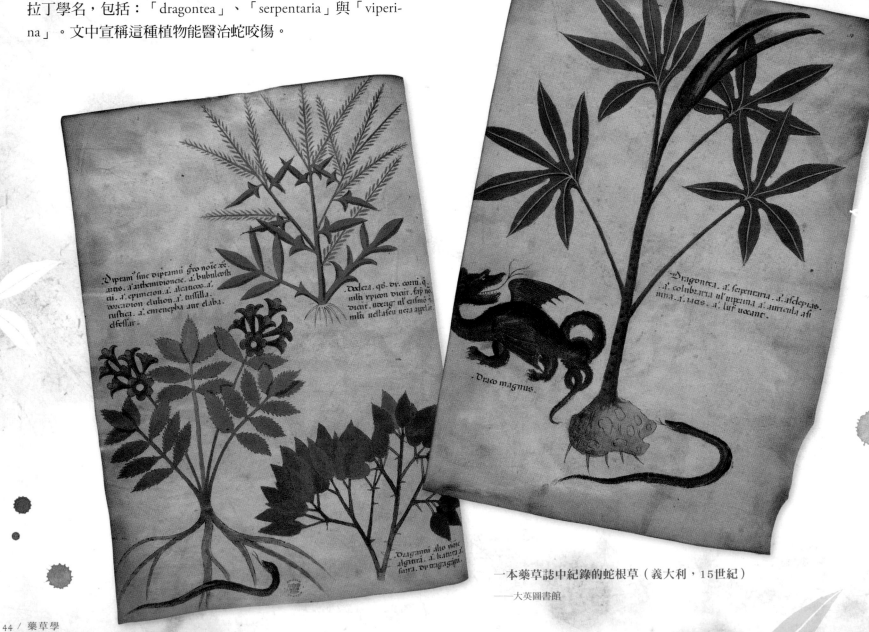

一本藥草誌中紀錄的蛇根草（義大利，15世紀）
——大英圖書館

治療蛇咬傷的藥方

從前有段時期，人們相信被蛇咬傷最有效的藥方之一是顯花植物矢車菊。圖中所示這本12世紀的手稿記載，這兩種名為大矢車菊與小矢車菊的植物名稱來自希臘神話中的人馬凱龍。在希臘神話中，凱龍是所有人馬中最偉大的，牠以精於醫術、占星、神諭聞名。牠的眾多學生中包括在嬰兒時期獲救後交由牠撫養長大的醫藥之神阿斯克勒庇俄斯。

在這幅硬筆素描中，人馬凱龍將這兩株矢車菊交給身穿長袍的阿斯克勒庇俄斯。圖的下方有一條蛇從他們腳邊蜿蜒滑過。

一本藥草誌中的矢車菊（英格蘭，12世紀）
——大英圖書館

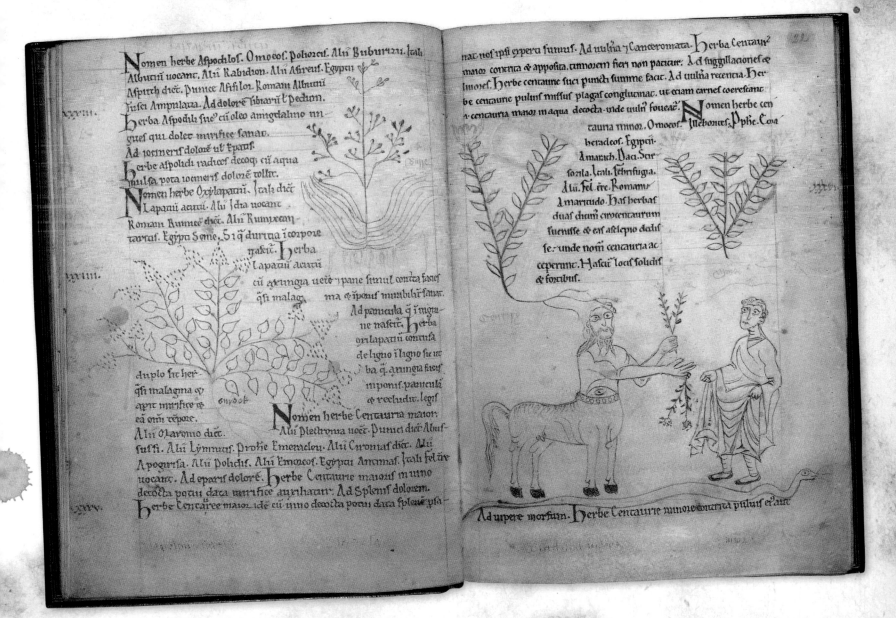

地精的研究

牠的體型很小，皮膚如皮革般堅硬粗糙，還有一個又大又禿、疙哩疙瘩、活像是馬鈴薯的頭顱。牠用牠粗硬的雙腳猛踢榮恩，榮恩連忙伸長手臂，跟牠保持一段距離……

《哈利波特：消失的密室》

你見過地精（Gnome）嗎？一張快活的臉、大大的肚子、紅通通的臉頰，坐在人們的花園裡當裝飾品。但在魔法世界中，牠們的長相卻很不一樣。地精的學名是「花園工兵精」（Gernumbli gardensi），能長到大約一呎高。牠們在花園中鑿地精洞，挖掘植物的根，使地面上布滿難看的小土堆。

吉姆・凱這些精緻的素描顯示這種生物有一顆似乎長滿疙瘩的大頭，和一雙表皮堅硬、瘦骨嶙峋的腳。吉姆・凱在他的素描中，將牠們有如馬鈴薯般的頭顱與困惑的表情表現得淋漓盡致。

你知道嗎？

地精從前曾被認為代表「地」。當時的人認為大自然的力量包含四種元素，而「地」是其中之一（其他三種元素是「水」、「火」、「風」）。人們相信地精會逃避與人類接觸，並且常守護著地下的寶藏。

有魔力的園藝工具

沒有適當的工具無法成就魔法花園。這些以鹿骨與鹿角製作的園藝工具是專為播種與採收植物用的，並且已被使用了數千年。

許多植物被採收不僅因為它們的醫療特性，同時也為人們所宣稱的超自然力。有些人相信採收它們時所舉行的儀式至為重要。對使用這些工具的人而言，它們是完全取自大自然的資源，被採收的植物才不致腐壞。

用來製造這些工具的材質也具有象徵意義。以鹿角製作的工具因為是長在鹿的頭頂上，所以被認為能將大地與更高的靈性世界連結起來；而且，鹿角每年都會自然脫落再生長，這也象徵魔法的再生與更新。

吉姆‧凱的地精草圖與完成後的作品

——布魯姆斯伯里出版公司

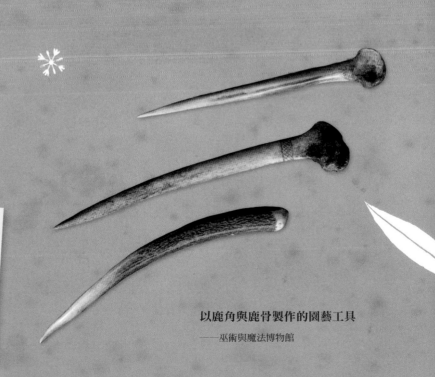

以鹿角與鹿骨製作的園藝工具

——巫術與魔法博物館

CHARMS
✳ 符咒學 ✳

「現在，大家不要忘了我們曾經練習過漂亮的手腕動作，」孚立維教授尖聲叫著，他跟往常一樣坐在他的書堆上面，「揮和彈，記住，揮和彈。」 孚立維教授／《哈利波特：神秘的魔法石》

咒語是魔法世界極精采且重要的一部分，它們是為物件或生物增添不同屬性的法術，結果往往改變了這些物體。霍格華茲學生必須學習各式各樣的咒語：會飄浮的咒語「溫加癲啦唯啊薩」（Wingardium Leviosa）；打開門窗鎖的咒語「阿咯哈姆啦」（Alohomora）；使人迷糊的「迷糊咒」（Confundo）；以及呵癢咒「哩吐三卜啦」（Rictusempra）。

學生們學習咒語時還必須練習揮舞魔杖的正確手勢與正確的發音，一旦不專心可能造成非比尋常的後果。

孚立維教授

專任科目：符咒學

外表： 孚立維教授被形容為一個身材異常矮小的巫師，一頭白髮。

你知道嗎： 哈利在霍格華茲就讀一年級時，孚立維教授用符咒變出數百支會飛的鑰匙來保護魔法石。

真相
咒語

「咒語」是使魔法生效的基本要件，至於什麼才是使一種法術生效的正確咒語，世界各地各有不同的說法。在阿拉伯的《一千零一夜》故事中，阿里巴巴說「芝麻開門」就開啟了強盜的藏寶洞，但舞台上的魔術師有時會說「天靈靈、地靈靈、變變變……」

「再來就是如何把咒語說得既正確又清楚，這點也是非常重要——千萬別忘了巴魯夫巫師的慘痛教訓，他不小心把ㄗ念成ㄙ，結果就發現自己躺到了地板上，胸口坐著一頭大水牛。」 孚立維教授／《哈利波特：神秘的魔法石》

阿布拉卡達布拉

「你忘了說那個魔咒。」哈利沒好氣地答道。這句簡單的話，對這家人造成難以置信的驚人效果：達力倒抽一口氣，砰地一聲從椅子上摔下來，把整個廚房撞得連連搖晃；德思禮太太發出一聲微弱的尖叫，用雙手摀住嘴巴；德思禮先生跳了起來，太陽穴邊的青筋不停地抽動。

《哈利波特：消失的密室》

「阿布拉卡達布拉」（Abracadabra）這句咒語很早以前就被表演各種魔術的魔術師所使用。但在古代，同樣這個字也被認為是一句有治癒能力的魔咒。這個字最早見於昆圖斯‧賽萊努斯‧薩摩尼古斯編撰的《醫學全書》（拉丁文書名：Liber Medicinalis），書中指出它是一個治療瘧疾的處方。

文中指示患者要重複書寫這個字，但每寫一次就遞減後面一個字母，直到剩下最後一個字母，這樣組合成一個倒三角形圖案，接著用紅色墨水將它框起來，然後把這張咒語戴在脖子上當作護身符，患者就可以退燒。

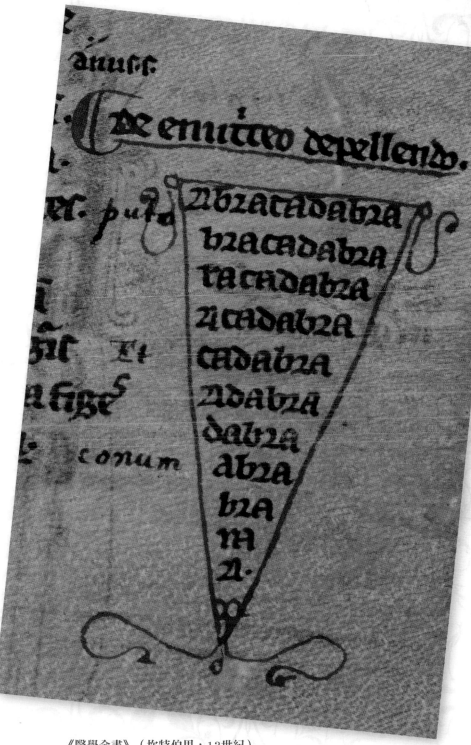

《醫學全書》（坎特伯里，13世紀）
——大英圖書館

決定用
「分類帽」

J.K.羅琳花了五年時間構思哈利波特的世界和他的歷史。她始終認定故事中要有四個學院：葛來分多、雷文克勞、赫夫帕夫和史萊哲林，每個學院都有它明顯的特質，但學生要如何分發到這些學院呢？

「最後，我列出一張人們可能會做的選擇方式：一二三木頭人、抽籤、由隊長挑選，由一頂帽子唱名——讓一頂會說話的帽子唱出名字——戴上一頂帽子——分類帽。」

J.K.羅琳／哈利波特官方網站Pottermore

在這張手稿中，J.K.羅琳列出幾種學生們可能被分到四個學院之一的方式。「雕像」(Statues) 代表羅琳想讓霍格華茲四位創辦人的雕像動起來，挑選學生加入他們的學院。其他的點子包括：駐塔幽靈、謎語，或由級長挑選。在這張清單的底下，你可以看到高錐客·葛來分多那頂魔法帽的草圖，帽子上還畫了一張嘴。

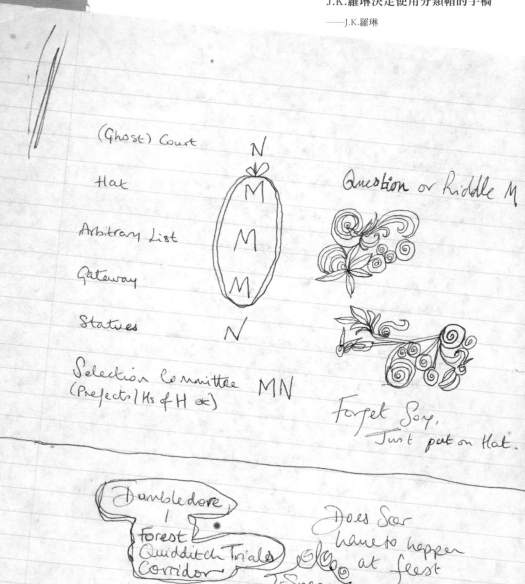

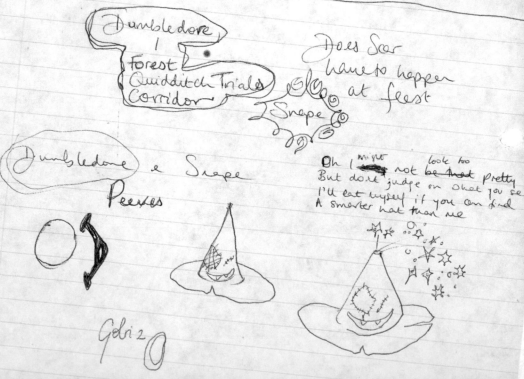

分類帽
之歌 ◎

……他發現餐廳裡所有的人，都在看著這頂帽子，他也是。在短短幾秒之內，餐廳中鴉雀無聲。然後那頂帽子開始顫動。帽簷邊的一道裂縫像嘴巴似地大大敞開——帽子大聲唱起歌來……

《哈利波特：神秘的魔法石》

這是J.K.羅琳的原稿，她親筆書寫的「分類帽之歌」，「分類帽」在哈利一年級時的學院分類儀式上所唱的歌。裡面有幾行字被刪掉了，也有一部分增添進去，但大部分都保留在《哈利波特：神秘的魔法石》最後的付印版本中。

Oh, you may not think I'm pretty
But don't judge on what you see
I'll eat myself if you can find
A smarter hat than me
You can keep your bowlers black
Your top hats sleek and tall
For I'm the Hogwarts Sorting Hat
And I can cap them all
~~None can tell you hat~~
There's nothing hidden in your ~~head~~
The Sorting Hat can't see
So try me on and I will tell you
Where you ought to be.

If you've a ready mind
For those with a ready mind
For ~~spoil~~ with ~~wit and~~
Ar Ravenclaw's true kind.

You might belong in Gryffindor
Where dwell the brave at heart
~~It's daring, nerve and chivalry~~
~~Or Huff's~~ If you have ~~their~~
~~For~~ Their daring, nerve and chivalry
Set Gryffindors apart
You ~~could be born~~ might belong for in Hufflepuff
~~who~~ Where ~~all~~ are ~~for~~ just and loyal
The patient
~~That patient~~ Hufflepuffs are true
And unafraid of toil
~~You may~~ Or Ravenclaw could be your ~~ho~~
~~the house for~~

You ~~might belong~~ in Ravenclaw
Where ~~the quietest~~ all quick wits are ~~prized~~ found
The ~~sharpest~~ wisest and most learned minds

J.K.羅琳的「分類帽之歌」手稿

—— J.K.羅琳

斜角巷入口

那塊磚開始抖動——其實應該說是蠕動才對——在它的中心位置，出現了一個小洞——洞口越變越大——沒過多久，他們眼前就出現了一個寬大得足以讓海格穿越的拱道，通向一條蜿蜒向前，直到看不見的圓石路。

《哈利波特：神秘的魔法石》

由J.K.羅琳手繪的這張插圖顯示神奇的斜角巷敞開洞口的幾個階段。最早是一堵磚牆和一個垃圾桶（a），其次明確點出必須用魔杖拍打（b，在這裡，海格的魔杖藏在一把雨傘內）才能打開入口的那塊磚。接著，磚塊開始移動（c），然後出現一個小洞口（d），洞口越變越大（e），直到現出入口（f）。

J.K.羅琳繪製的「斜角巷入口」
（1990年）

——J.K.羅琳

b.

c.

e.

f.

斜角巷全景

吉姆·凱這張精美細膩的作品呈現出斜角巷迷人的魔法商店。吉姆·凱還熟練地為這些商店命名。這家天文望遠鏡店的店名叫「亮晶晶望遠鏡」（Twinkles Telescopes），它的靈感來自他小時候常去的一家叫「莎莉亮晶晶」的戲劇用品店。而「Bufo」這個字則是蟾蜍屬的拉丁文。

吉姆·凱繪製的「斜角巷」
——布魯姆斯伯里出版公司

還有賣長袍的店，賣望遠鏡和一些哈利從沒見過的古怪
銀器的商店，櫥窗裡擺滿了一簍簍蝙蝠的脾臟和鰻魚眼珠，
堆成小山的符咒書、羽毛筆和羊皮紙捲、藥瓶、月球儀……

《哈利波特：神秘的魔法石》

阿各·飛七

阿各·飛七是霍格華茲的管理員，經常差一點發現哈利波特在夜深人靜時在學校內到處探險。

飛七是霍格華茲的管理員，他是一名壞脾氣的不合格巫師，總是把學生們視為眼中釘，總是存心跟他們過不去……

《哈利波特：阿茲卡班的逃犯》

這是J.K.羅琳手繪的飛七素描，圖中的他手上提著一盞燈，企圖找出晚上不睡覺偷溜出來在城堡內遊蕩的學生。

由於飛七是一個爆竹（指巫師家庭出身，但完全沒遺傳到半點魔法天賦的人），所以他不會魔法。

J.K.羅琳素描的「飛七」
（1990年）
——J.K.羅琳

速成咒術

由於阿各·飛七不會魔法，所以他想去上「速成咒術初學者魔法函授課程」。哈利波特在霍格華茲就讀二年級時，無意中在飛七桌上發現那個函授學校的信封，使得飛七非常生氣。

……阿各·飛七突然從哈利右手邊的繡帷後冒了出來，氣喘吁吁地四處張望，忙亂地搜尋現行犯。

《哈利波特：消失的密室》

讓我隱形吧

《所羅門王所稱的知識之鑰》（King Solomon called The Key of Knowledge）
這本書中記載的〈隱形實驗的必要準備〉（英格蘭，17世紀）
——大英圖書館

隱形斗篷是稀有且珍貴的物件，所以要想隱形必須另找其他方法。根據《知識之鑰》這本書中〈隱形實驗的必要準備〉這一章所載，其中一個方法是唸誦以下咒語：

> 「斯塔本，阿三，加貝倫，山內利，諾地，恩諾巴爾，拉博內蘭，巴拉美頓，巴爾嫩，提古梅爾，米勒迦里，朱尼內斯，希爾瑪，哈莫拉榭，耶薩，歇雅，歇諾依，黑楠，巴魯卡薩，阿卡拉拉斯，塔拉庫布，布卡拉特，卡拉米，請您大發慈悲，讓我隱形吧。」

這個隱形咒因為被廣為流傳、抄寫、再抄寫，因此有好幾個不同的版本。但這裡必須提醒你——在念誦這些咒語之前務必再三考慮，因為文中沒有提到如何使你重新現形！

自己做

香蕉魔法

這一招可以使它看起來彷彿你在香蕉皮內施了魔法！

你需要一根香蕉和一根長一點的縫衣針，請一位成年人幫你把針插入香蕉皮內，然後輕輕地左右移動，你就可以把香蕉肉切斷但不破壞香蕉皮，接著以同樣方式在香蕉皮上每隔幾公分重複做一遍，直到把整根香蕉切完。

然後你把這根事先準備好的香蕉交給一個不知情的朋友，當著他的面先在香蕉上做幾個施展魔法的動作，一邊在口中唸唸有詞說出你最喜愛的咒語，等他們剝開香蕉後，他們會發現你已經用魔法把香蕉切段了……

魔法水果

哈利、榮恩與妙麗在霍格華茲就讀四年級時，從弗雷與喬治·衛斯理那裡得知進入學校廚房的方法。廚房的門藏在一幅大型的水果靜物畫後面，想進去時，只要在梨子上面搔搔癢，它就會吃吃傻笑，然後變成一個巨大的綠色門把！

歐嘉‧杭特的掃帚

最常見的女巫圖像是她們騎在掃帚上飛過夜空。

隨便找一張麻瓜畫的女巫圖來看，沒有一張是沒畫掃帚的。而不管這些圖畫得有多可笑（因為沒有一支麻瓜畫出來的掃帚能飛得上天），它們卻提醒了我們，過去幾世紀以來，我們實在都太不小心了，以至於在麻瓜的心目中，掃帚跟魔法已經有了密不可分的關聯，這實在是我們咎由自取。 《穿越歷史的魁地奇》

歐嘉‧杭特的掃帚
（英格蘭，20世紀）
——巫術與魔法博物館

巫術與掃帚的連結出現在15世紀。哈利和他的魁地奇球隊隊友用的是造型優美的現代化掃帚。這支傳統的老式掃帚屬於一個真實的女性所有，她被稱為曼納頓（位於得文郡）的歐嘉‧杭特。每當月圓的夜晚，歐嘉會以這支掃帚施展魔法。她會騎著掃帚在達特穆爾國家公園的海特岩附近跳來跳去，提醒那一帶的人小心！

有翅膀的鑰匙

在魔法世界中不是只有掃帚才會飛，這些被施了魔咒的鑰匙是霍格華茲的教授們用來保護魔法石的防衛措施之一。這些有翅膀的鑰匙插畫是在細膩的鉛筆素描上以數位方式著色的，畫家吉姆‧凱以實驗的方式設計這些長了翅膀的鑰匙並加以著色，充分捕捉了《哈利波特：神秘的魔法石》中描寫的「像寶石般璀璨發亮的小鳥，正拍著翅膀在房中飛來飛去」的神韻。每一把鑰匙都經過個別設計，筆觸優美而細膩。

「這些小鳥……牠們在這兒不可能只是為了裝飾。」妙麗說。他們抬頭望著那些在頭上飛翔的鳥兒，閃閃發光——閃閃發光？「它們根本不是鳥！」哈利突然說，「它們是鑰匙啊！有翅膀的鑰匙——你們仔細看看。」

《哈利波特：神秘的魔法石》

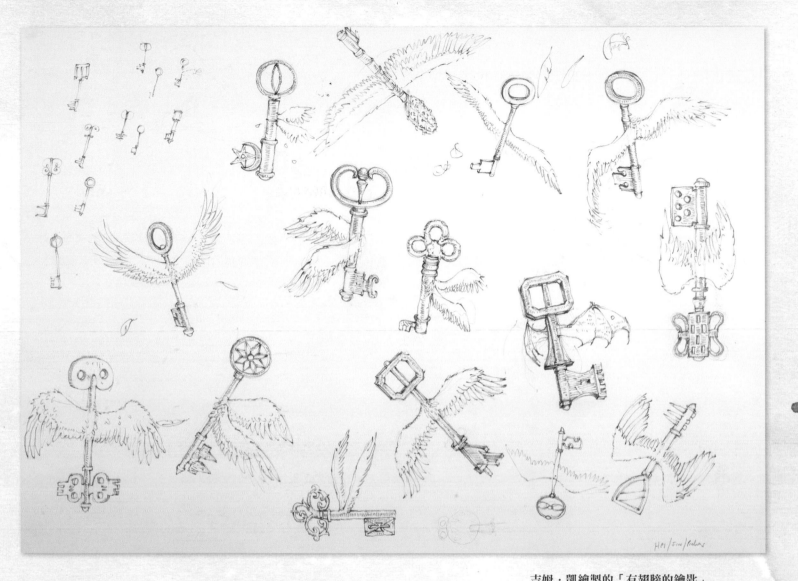

吉姆·凱繪製的「有翅膀的鑰匙」
草圖及完稿

——布魯姆斯伯里出版公司

哈利與跩哥
的飛行

他騎上掃帚,用力一蹬,就飛了起來,迅速衝向天空,他的亂髮迎風飛揚,寬大的袍子在身後鼓脹翻飛——在一陣強烈的狂喜中,他終於發現有些東西是不學自會的——這麼容易,這麼美妙。

《哈利波特:神秘的魔法石》

哈利剛進霍格華茲時,魔法世界對他來說是新奇而複雜的,但在第一堂飛行課中,過去從未接觸過掃帚的他竟然飛得如此自然流暢,以致麥教授立刻把他帶去見葛來分多的魁地奇球隊隊長。

在吉姆・凱繪製的這幅插畫中,哈利在雨中瞇著眼睛,雙手緊緊握著他的掃帚,跩哥・馬份則緊跟在他後面。

吉姆・凱繪製的「哈利波特與跩哥・馬份的魁地奇球賽」

——布魯姆斯伯里出版公司

ASTRONOMY
★ 天文學 ★

在每個週三的夜晚，他們必須用望遠鏡觀看夜晚的星空，學習不同星星的名稱，與研究行星的運行軌道。

《哈利波特：神秘的魔法石》

天文學是人類已知最古老的科學之一，主要是研究夜晚的星空與它所包含的一切——從恆星到行星、彗星、星系及其他種種。天文學是「霍格華茲魔法與巫術學院」的一個主要科目，也是書中許多角色命名的由來，這表示你可以在夜空中真的看到與貝拉·雷斯壯與天狼星·布萊克這些名字連結的星星。

奧羅拉·辛尼區教授

專任科目：天文學

外表：我們對辛尼區教授所知不多。她最早出現在《哈利波特：神秘的魔法石》，但之後就沒有再更進一步的描述。她的角色多少有些神秘。

你知道嗎：賈斯汀·方列里和差點沒頭的尼克被石化躺在一條偏僻的走廊上被發現後，是辛尼區教授幫忙把他抬到醫院廂房的。

真相

什麼是天文學家？

天文學家就是研究夜晚的星空及其一切的人。這些科學家以複雜的數學運算來預測恆星與行星的運行和方位。他們通常利用高科技的天文望遠鏡及先進的數位相機觀察我們頭上的天體。但你不一定需要昂貴的設備來幫助你找出天上的星。你不妨抬頭看，你能看到什麼？

下面幾個《哈利波特》系列故事中的角色，和我們天空中一些奇妙的恆星與行星同名。

美黛·東施（Andromeda Tonks）：美黛之名來自仙女座星系（Andromeda galaxy），而仙女座星系之名又來自一位神話中的公主安卓美達（Andromeda）。安卓美達被獻祭給可怕的海怪，但英雄珀修斯及時將她救出並斬殺了海怪。

貝拉·雷斯壯（Bellatrix Lestrange）：貝拉（Bellatrix，拉丁文字義為「女戰士」）是獵戶座中第三亮的恆星。

雷木斯·路平（Remus Lupin）：豺狼座（Lupus）是夜空中的星座，而雷木思（Remus）是一處小行星帶上的一顆衛星。

她抬頭仰望天空，「今晚的火星特別明亮。」

如男／《哈利波特：神秘的魔法石》

霍格華茲的主修科目與專任老師

J.K.羅琳在這張手稿中羅列了霍格華茲一些主修科目與可能的專任老師名稱。奧羅拉‧辛尼區教授在這張手稿中最早被命名為奧雷莉雅‧辛尼區（Aurelia Sinistra）。J.K.羅琳的作品中經常可以見到拉丁文，特別是名稱與拼寫；「奧羅拉」（Aurora）的拉丁文字義是「曙光」；而「辛尼區」（Sinistra）的拉丁文字義是「左手邊」。

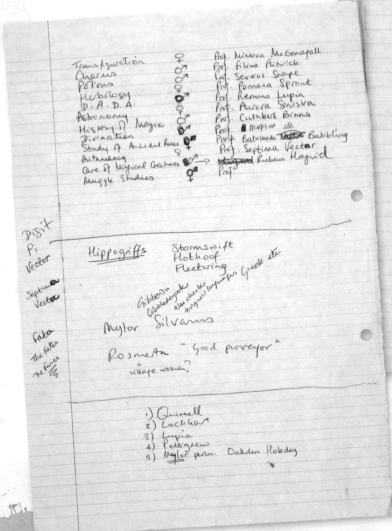

J.K.羅琳手書的「霍格華茲主修科目與授課老師」筆記
——J.K.羅琳

天狼星·布萊克

我們可以從地球上看到的最亮的星是天狼星（Sirius），天文學家窮年累月都在觀測它……

身為化獸師的天狼星·布萊克外形就像一頭毛茸茸的大黑犬，與大犬座的形狀相似。這張令人驚歎的中世紀手稿是在900年前的英格蘭繪製的，它畫的是大犬星座（Canis Major，拉丁文字義是「大犬」），而位於其中的天狼星是我們可以從地球上看到的最亮的星。這張手稿中的大犬身上寫滿從羅馬作家希吉努斯（公元17年逝世）的作品中摘錄的詩句。

西塞羅《星座圖》中的天狼星圖，
犬身寫滿天文學家希吉努斯的詩句

——大英圖書館

自 己 做

如何尋找天狼星

等待一個晴朗無雲的黑夜，要尋找天狼星，你必須先找到獵戶座腰帶（Orion's Belt），腰帶上的三顆星連起來便指向位於它們左下方的天狼星。天狼星很容易辨認，因為它是我們的天空中最亮的星。

獵戶座

獵戶座腰帶

天狼星

……哈利看到了某個讓他完全亂了方寸的東西，天空中清晰地浮現出一頭毛茸茸大黑狗的剪影，牠一動也不動地坐在最上面一排空椅上。

盎格魯撒克遜人馬

一個生物緩緩的現身了——那究竟是人還是馬？在腰部以上，是一名紅髮紅鬚的男子，但在腰部以下，卻有著發亮的紅棕色馬身，和一條微帶紅色的馬尾巴。

《哈利波特：神秘的魔法石》

真 相

恆星與星系都有個與眾不同的名稱，它們背後通常都隱含一個有趣的故事或意涵。

這裡我們選出幾個我們的星空中奇妙的動物星座。

天燕座（Apus）—— 天堂鳥
天鷹座（Aquila）—— 老鷹
白羊座（Aries）—— 公羊
鹿豹座（Camelopardalis）—— 長頸鹿
巨蟹座（Cancer）—— 螃蟹
獵犬座（Canes Venatici）—— 獵犬
魔羯座（Capricornus）—— 海山羊

人馬座通常被畫成一匹人馬，它的名稱來自「射手」的拉丁文，故又稱射手座。這張盎格魯撒克遜手稿將人馬座畫成一匹人馬（神話傳說中的半人半馬生物），年代大約在1066年諾曼人入侵英格蘭前不久。牠手上的箭指向另一頁的海山羊；圖中橘紅色的圓點代表星星，將這些圓點連起來就會形成羊與人馬的形狀。

J.K.羅琳故事中的人馬最早出現在《哈利波特：神秘的魔法石》，哈利見到了人馬如男與禍頭，牠們當時就解讀了行星的運行。在《哈利波特：鳳凰會的密令》中，人馬翡冷翠在霍格華茲教占卜學。

橘紅色圓點代表星星

西塞羅《星座圖》中的人馬座
——大英圖書館

人馬

人馬最早起源於希臘神話，它結合了馬的力量與人的智慧。

「真是的，」海格忿忿地說，「永遠休想從人馬那兒得到直接的答案。這些討厭的觀星者。除了月亮周圍的東西以外，牠們對什麼都不感興趣。」

《哈利波特：神秘的魔法石》

歷史上對這些生物是如何存在的有多種不同的解釋。有的說牠們是巨人與馬結合的結果，其餘則相信這些生物從前是一群被稱為泰坦人（Titans）的巨人。這些巨人與天神戰鬥被擊敗了，天神於是把他們的下半身變成馬以示懲罰。

阿拉伯星盤

早在電腦與數位時代之前，天文學家便利用其他方法協助他們觀察與繪製夜空中的天體。

阿拉伯星盤上的錯銀阿拉伯數字

在敘利亞發現的一個星盤
（13世紀）
——大英博物館

「歡迎，」海格說，「歡迎來到斜角巷。」
《哈利波特：神秘的魔法石》

在這張霍格華茲一年級新生的必備物品清單中，除了課本、魔杖、大釜及其他外，還需要一具望遠鏡。哈利波特在斜角巷買了一個折疊式的黃銅望遠鏡。

除了清單所列的這些物品之外，熱心的學生也許還會再買更精密的設備，例如一個星盤。

〔其他設備〕

魔杖

大釜（白鑞製，標準尺寸2）

玻璃或是水晶小藥瓶

望遠鏡

黃銅天平

《哈利波特：神秘的魔法石》

希臘人發明的星盤提供一種二維的天象圖。它們可以用來辨認恆星與行星（對於繪製星象圖很有幫助）並測定緯度。

它們也可以用來尋找穆斯林禱告時必須面對的聖城麥加方向。這件銅錯銀星盤製作得非常精美。

烏拉尼亞之鏡

任何一位觀星者手上如果有「烏拉尼亞之鏡」(Urania's Mirror)，又稱「觀天象」(一組32張牌的星空圖卡)，將會有很大的幫助。

每一張圖卡上都刺了許多與天上最亮的星相對應的小孔，舉起圖卡對著光源看時，觀者就能對每一個星座留下逼真的印象。

「烏拉尼亞之鏡」的盒子內部（倫敦，1834年）
——大英圖書館

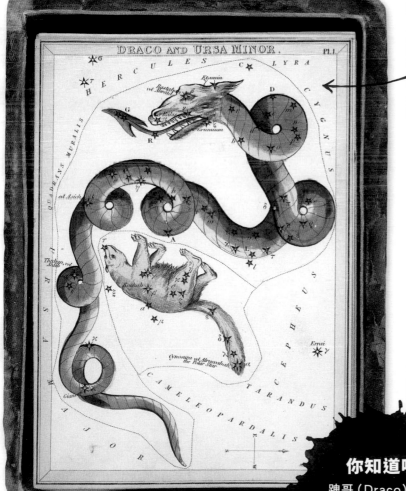

吉姆‧凱繪製的「斜角巷」一部分
——布魯姆斯伯里出版公司

你知道嗎？
跩哥 (Draco) 是一類蜥蜴的學名，牠們又名「飛龍」，或「飛蜥」。

> 他們在十一點抵達天文塔頂端，這是一個超完美觀察星象的夜晚，沒有雪也沒有風。

《哈利波特：鳳凰會的密令》

圖中這兩個星座是天龍星座（Draco）與小熊星座，分別由一條龍與一頭小熊代表。天龍星座是最早被發現的星座之一，哈利的死對頭跩哥‧馬份就借用了這個名字，它的拉丁文字義是「龍」。

「烏拉尼亞之鏡」
星座圖卡
——大英圖書館

月亮的緯度

彼得魯斯·阿皮亞努斯（1495-1522年）的父親是一名鞋匠，但彼得魯斯後來成為德國一位卓越的天文學家、數學家與製圖學家。他創作了一本很漂亮的書，裡面附有一組名為轉盤的可以轉動的紙型，轉動這些中央固定的轉盤就能模仿星球的運行。

這個圖樣顯示讀者如何找出月亮的緯度。圖的中央有一條龍（它有一顆看起來像老鼠的頭），龍頭可以藉著轉動轉盤指向圓環邊緣的十二個星座。這些轉盤也可以用來書寫占星，可見在16世紀，占星學與天文學並無明顯區別。

十二星座

《皇帝的天文學》
（因戈爾斯塔特，1540年）
——大英圖書館

真相

什麼是占星學？

占星學旨在研究夜空中可見的自然物體的運行與位置。有些人相信，這些物體對地球上的事件和人類的行為都有影響。

你知道嗎？

黃道帶（zodiac）是你出生那一刻天空中被太陽占據的那個區域。它有十二個不同的星座，每一個星座都與不同的月份有關——白羊座、金牛座、雙子座、巨蟹座、獅子座、處女座、天秤座、天蠍座、射手座、魔羯座、水瓶座和雙魚座。

最古老的夜空星象圖譜

這張紙是人類史上任何文明中最古老、保存最完整的星象圖。它是探險家奧萊爾·斯坦因於1907年在中國發現的，圖中顯示在北半球肉眼可見的1300多顆恆星，比望遠鏡的發明還要早數百年。

「我知道你們在天文學課裡已經學到行星和衛星的名字，」翡冷翠沉靜的聲音出現，「而且知道星星在天空運行的方向。」

《哈利波特：鳳凰會的密令》

在繪製這件星象圖譜的時代（公元700年），中國人相信天上星球的運行，直接影響地上的皇帝的行動與宮廷。例如，日蝕可能象徵即將有人入侵。這份圖譜中三種不同的顏色，黑、紅、白，代表中國古代的天文學家早在繪製這張星象圖譜的一千多年前就已經辨認出的恆星。

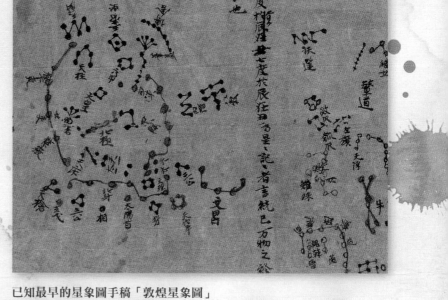

已知最早的星象圖手稿「敦煌星象圖」
（中國，約公元700年）
——大英圖書館

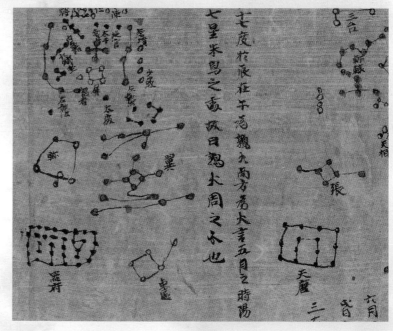

這件古代的星象圖譜有2公尺長

達文西的月亮筆記

李奧納多·達文西（Leonardo da Vinci）集發明家、科學家、藝術家於一身，比他生存的時代超前數百年。他一生中以鏡像書寫方式（閱讀時須從右至左）留下數量龐大的筆記。下圖中央右側的陰影圖是根據太陽、月亮與地球的排序描繪光的反射。

達文西還相信，月亮表面覆蓋著水，因此它的表面會像凸面鏡一樣反射光線。

「達文西的筆記」中有關天文學的紀錄與素描（義大利，16世紀）

你知道嗎？
地球不是我們的太陽系中唯一有它自己的衛星的行星。木星已知的衛星就有67個。

「世上最快樂的人，才有辦法把這面意若思鏡，當做普通鏡子使用，也就是說，在他望著鏡子的時候，他看到的是他自己真實的形貌……它讓我們看到的，不多不少恰好是我們心裡最深沉、最迫切的欲望。」

鄧不利多／《哈利波特：神秘的魔法石》

自己做

秘密文字

在《哈利波特：神秘的魔法石》中，哈利發現意若思鏡上有如下一行銘文，把這行銘文抄在另一張紙上，但是要從最後一個字倒著書寫，你就會發現這行銘文寫的是什麼。

望欲的心內你是而臉的你是只非並的現顯我

《哈利波特：神秘的魔法石》

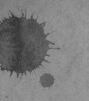

DIVINATION
占卜學

「所以呢，你們大家都已經選擇要學習占卜學，這是所有魔法技藝中最困難的一門科目。我必須在一開始就先警告你們，如果你們本身不具備一份『靈性』的話，說實在我也沒法子教你們多少……」

崔老妮教授／《哈利波特：阿茲卡班的逃犯》

每一個占卜者都是在探索未來與未知的知識。占卜的技藝由來已久，在數不清的文化中均占有一席之地，占卜的方式也包羅萬象，手相、水晶球、紙牌及茶葉只是那些預言家用來觀察及預測未來的諸多方法中的少數幾種。

預言

崔老妮教授說的真實預言被存放在神秘部門的水晶球內。神秘部門是魔法部存放最高機密的房間，只有那些被預言的人才能進入。

吉姆‧凱繪製的
「西碧‧崔老妮畫像」
——布魯姆斯伯里出版公司

西碧‧崔老妮教授

專任科目：占卜學

外表：崔老妮教授非常瘦，戴著一副大眼鏡，把她的眼睛放大了好幾倍。她被形容為老是披著一條薄紗披肩，脖子上掛著數不清的鍊子和珠串，手臂和手指上戴滿手鐲和戒指。

你知道嗎：崔老妮教授是著名的先知卡珊卓‧崔老妮的玄孫女。「先知」又名預言家或占卜師，據說是能看到未來、預知結果的人。「西碧」(Sybill)與「卡珊卓」(Cassandra)這兩個字都與「預言家」(seer)這個字有關。歷史上，「sibyl」這個字是用來指任何能預知未來的女性，而卡珊卓則是希臘神話中的特洛伊預言家，她從阿波羅得到預知未來的天賦。

真相

預知未來

幾千年來人類一直都在設法預知他們的未來，其中一些比較不尋常的方法是觀察雲的形狀、鳥的飛翔，或者被獻祭的動物內臟（腸子）或肝臟。甚至還有一種方法是觀察人身上的痣和胎記來預卜未來。

希普頓修女

1797年出版的這本《希普頓修女》（Mother Shipton）是在講述英國約克郡的一位女預言家。沒有人確知她是否真的存在，也很少人知道她的生平，但她顯然有個長長的圓頭鼻和一個長毛的凸下巴。她並且有預知未來的能力，相傳她還能飄浮在半空中。

她在1530年做出她最著名的預言。她預言當時的樞機主教、同時也被任命為約克總主教的沃爾西，將會見到約克城但永遠無法抵達。根據這本書記載，沃爾西從一座高塔上看到約克城，但不久立即被逮捕送往倫敦，如同希普頓修女的預言，他永遠沒有抵達約克城。

今天，希普頓修女最廣為人知的是她的出生地，約克郡納爾斯伯勒的「石化井」（Petrifying Well）。長久以來人們相信這個地方有魔力，相傳這裡的水在幾週之內就能把物體變成石頭。

你知道嗎？

「石化井」並非真的能把物體變成石頭。但這裡的水含有豐富的礦物質，如果水持續落在一個物體上，經過一段時間之後，水分逐漸蒸發，留下礦物質，就會在物體表面形成一層看起來像石頭的堅硬外殼。

拍案驚奇!!!過去、現在與未來；這本著名的《希普頓修女》收錄了許多奇特的預言及罕見的預測（倫敦，1797年）

——大英圖書館

THE FAMOUS MOTHER SHIPTON

Published as the Act directs by Samuel Baker, Aug.ᵗ 1. 1797

魔鏡

利用鏡子或其他會反映影像的表面來觀測未來是古代一種名為「scrying」的占卜術。「scrying」這個術語來自「descry」，顯現或看見的意思。這種占卜方式是觀察一個光滑的表面，希望藉此從中看到某種形式的訊息或影像。

這件文物一度為塞西爾・威廉森（1909-1999年）所有。威廉森曾警告，假如你凝視它，「忽然看到有人站在你背後，無論如何，你都不要回頭。」

在《哈利波特：神秘的魔法石》中，哈利看到了「意若思鏡」，它雖然也是一面鏡子，但它不是用來占卜的，相反的，它能顯現看的人內心最深沉、最迫切的欲望。

「活在虛幻的夢境裡，因而遺忘了現實生活，這樣是絕對行不通的，要牢牢記住這一點。」

鄧不利多教授／《哈利波特：神秘的魔法石》

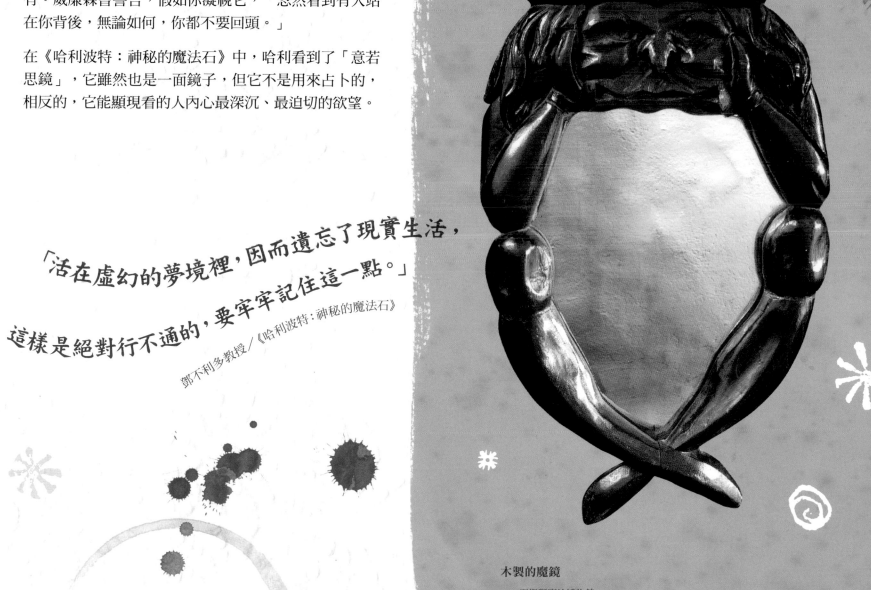

木製的魔鏡

——巫術與魔法博物館

水晶球

「觀看水晶球，是一門非常精緻的藝術，」她帶著如夢似幻的表情說，「我並不期待，在你們第一次凝視球體深不可測的內部時，就有人真的可以參透天機。我們一開始要先練習的是，如何去放鬆你們的意識與外在之眼……這樣才能讓『心靈之眼』與潛意識變得清明澄淨。如果我們夠幸運的話，在這堂課結束之前，或許有一些人可以看到預兆。」

崔老妮教授／《哈利波特：阿茲卡班的逃犯》

水晶球占卜術（技術性用語）早在中世紀時代便已奠定基礎，使水晶球至今仍是眾所周知的占卜工具之一。

這個大水晶球是典型的20世紀使用的水晶球。它有一個精緻的埃及立柱式底座，立柱的底部鑄有三隻半鷹半獅怪獸。

有立柱式底座的水晶球

——巫術與魔法博物館

房間裡又悶又熱，
在擁擠的壁爐架飾品下，
一個大銅壺擱在爐火上，
散發出一種令人作嘔的濃郁香味。

《哈利波特：阿茲卡班的逃犯》

這個黑水晶球的使用者女巫「臭妮莉」（Smelly Nelly）喜歡在身上塗抹非常濃郁的香水，她相信這個氣味能吸引協助她預測未來的精靈。這顆黑色的水晶球又名「月亮水晶球」，它是在夜晚使用的，這樣占卜師就能從它表面上的月亮倒影來解讀預兆。一個曾親眼目睹「臭妮莉」使用這個水晶球的人宣稱，「你在一哩外的下風處就能聞到她的味道。在月圓的夜晚，與臭妮莉和她的水晶球一起在戶外，是個令人難忘的經驗」。

中國的
占卜甲骨

古代中國早在三千多年前的占卜儀式中就使用甲骨，舉凡戰爭、農耕及自然災害問題都會刻在甲骨上，再以熾熱的金屬棒在甲骨上加熱，使它們的表面產生龜裂，占卜師再解讀甲骨上的龜裂紋取得問題的答案。

下面這片卜骨上的銘文是商朝的文字，也是已知中國最早的書法，稱之為「甲骨文」。這片肩胛骨上的卜辭預告未來十天內將不會有災難。卜骨的頂上中央有個明顯的月亮圖案，代表「月」（現代的中國文字），卜骨的背面有一次月蝕紀錄，經專家推算，那天是公元前1192年12月27日。在古代，日、月蝕造成的黑暗被視為惡兆，顯示有必要安撫祖靈。

黑色的月亮水晶球
——巫術與魔法博物館

你知道嗎？
中國的卜骨通常取自牛肩板（牛的肩胛骨），或較平坦的龜腹甲。

刻有文字的卜骨
（中國，公元前1192年）
——大英圖書館

泰國的
占卜手冊

19世紀的暹羅人（今日的泰國），凡是有
關愛情與兩性關係的問題都要求助於占
卜專家（稱為mor doo）。這本占卜手冊
《Phrommachat》就是以中國的十二生肖為
主的一件星座占卜手稿，內容包括十二生
肖圖和與它們相對應的屬性（土、木、火、
金、水）。

十二生肖的每一頁都有一系列圖畫，象徵
一個人在某些情況下的運勢。這位無名氏
畫家細膩地描繪出每一幅插圖的細節——
臉部表情、手勢、肢體語言，以及他們的
服裝與飾品上的精緻設計。最有趣的是，
這件手稿還會考量情侶的性格與星座，推
算出他們的幸運與不幸運的星座。

泰國的占卜手冊《Phrommachat》
（暹羅，19世紀）
——大英圖書館

中國的十二生肖

中國的星座以十二年為一循環，每一年由一種不同的動物為代表，順序永遠不變。每一個新的十二年循環之首為鼠年。

十二生肖的每一種動物都各有不同的特性，理應會影響那年出生的人。例如，雞年出生的人被認為誠實、雄心勃勃與聰明；而猴年出生的人則個性溫和、誠實與機靈。

那麼，為何特別以這幾種動物為代表呢？說法有很多種，其中一個特別的故事是有一位大帝宣布他要以動物抵達皇宮的先後次序為年份命名。

動物們必須先過河才能抵達皇宮，因此那些會游水的動物都直接跳進河裡，但老鼠和貓不會游水，於是牠們跳到一條牛身上搭便車過河。但就在牠們即將抵達河岸時，老鼠把貓推入水中，自己一馬當先奔向皇宮。這是為什麼十二生肖中沒有貓年的原因！

十二生肖

鼠
牛
虎
兔
龍
蛇
馬
羊
猴
雞
狗
豬

占卜紙牌

……崔老妮教授出現在轉角，口中唸唸有詞，手上拿著一副看起來髒兮兮的算命撲克牌，邊走邊讀。「黑桃2：衝突。」她喃喃的說著，從哈利蹲著藏匿的地方經過。「黑桃7：不祥的預兆。黑桃10：暴力。黑桃J：一個抑鬱的年輕人，可能有些煩惱，不喜歡發問的人——」

《哈利波特：混血王子的背叛》

一組算命撲克牌
（倫敦，約1745-1756年）
——大英博物館

紙牌算命是一種占卜形式，利用紙牌來預測未來。雖然用紙牌占卜其來有自，但這副紙牌據說是最早專門為占卜而設計的算命紙牌。它是18世紀的紙牌專家約翰・藍索爾（John Lenthall，1683-1762）創作的，一組有52張牌，以不尋常的程序排列。

這副牌中的國王所提的問題，均以神秘的押韻片語方式回答。每一張牌上都有著名的天文學家、預言家及魔法師的名字，包括：梅林、浮士德博士及諾斯特拉達姆士，希望藉著他們與占星學和占卜術的關係能增強對紙牌預言的信心。

真 相

❖ 梅林（Merlin）是傳說中為亞瑟王
提供諮詢的魔法師。

❖ 浮士德博士（Doctor Faust）
是德國傳說中的一個人物，為了追求知識與享樂，
將他的靈魂出賣給魔鬼。

❖ 諾斯特拉達姆士（Nostradamus）是個真實人物。
他是一位法國醫生，
1555年出版一本預言書。

手相學

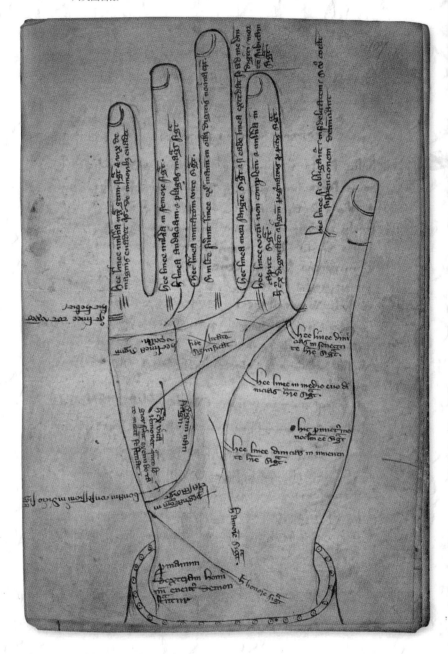

> 崔老妮教授開始教他們看手相，而她一點兒也不肯浪費時間，立刻告訴哈利，她這輩子從來沒看過像他這麼短的生命線。
>
> 《哈利波特：阿茲卡班的逃犯》

手相學（palmistry）又稱掌紋學（chiromancy），是一種古老的占卜方式，以解讀手的形狀與掌紋預測未來。西歐受阿拉伯人的影響，最早在12世紀開始流行看手相。

這本中世紀手稿中的掌紋圖上就有一組算命的文本，每一隻手上都有三條天生的紋路，形成一個「三角紋」。這張圖顯示的是一隻右手，上面畫出天生紋路及其他後天紋路。一條貫穿手掌的垂直線上寫著：「這條線代表愛。」另外中指與食指間的冊紋寓意不吉祥：「這條線表示有血光之災，若延長到中指則預示猝死。」其他掌紋據說可預測疾病，例如眼疾與傳染病；以及個人特質，如勇氣。

（哈利）最後在結束這場鬧劇時，更是將她掌上的生命線和智慧線弄混，指稱其實她上星期二就該死掉了。 《哈利波特：鳳凰會的密令》

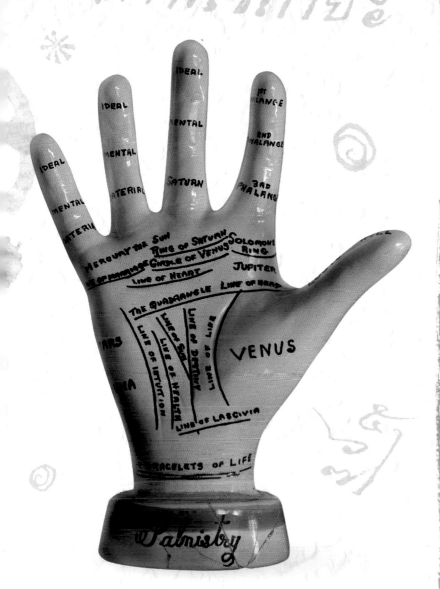

這隻算命用的陶瓷手主要是用來參考,上面顯示出手掌和手腕上幾條重要的紋路與掌丘,以及它們所代表的意義。像這樣的陶瓷手最早是1880年代在英國製造。這個時期的手相學之所以蔚為風氣是因為著名的命理學家威廉·約翰·華納(William John Warner,1866-1936年),人稱凱羅(Cheiro),或海曼伯爵(Count Louis Hamon),出版了不少手相學著作。華納的客戶中不乏許多名流,包括:名作家奧斯卡·王爾德與英國的威爾斯王子。他為他們私人預卜未來。

算命用的陶瓷手

——巫術與魔法博物館

自己做

想找出你自己的掌紋嗎?先把你的手掌印出來,像打指印那樣,這樣會比較容易看清那些線條。將你的手掌與手指放在印台上充分沾染墨水,然後將手掌用力按壓在一張白紙上再垂直離開。接著不需要再沾墨水,將手掌第二次再印在另一張白紙上(有時第一張紙會有太多油墨),這樣就比較能清晰的看到你的掌紋。你的手掌上會有四條主線——感情線、智慧線、生命線,及命運線。你能從你的掌印中找到它們嗎?

1) 感情線
2) 智慧線
3) 命運線
4) 生命線

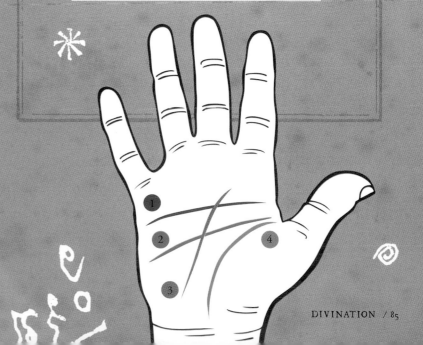

茶葉

茶葉占卜（Tasseography）這個術語是以法文的「tasse」（杯），與希臘文的「graph」（圖文）結合而成。它是一種占卜形式，利用杯中的殘渣（通常是茶葉渣）來預測未來。

這兩頁圖片是從一本茶葉占卜手冊上摘錄的。利用茶葉占卜的歷史最早可以追溯到公元前229年，那年一位中國公主拒絕接受占星預卜，同意由一名學生向她推薦一種新的茶葉占卜術。

這本手冊是用來解碼杯底種種茶葉殘渣形狀的一個方便指南。其中有些形狀很難區分，例如編號38與42，意思分別是「你將遇到一個陌生人」及「你將會樹敵」。許多預測結果都滿常見的，但也有特別奇怪的，例如編號44，它指出「你會對海軍有興趣」！

曼德拉從中文書籍翻譯的《如何從茶葉解讀未來》（斯坦福，約1925年）
——大英圖書館

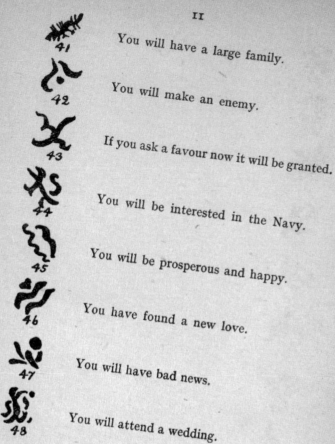

II

41 You will have a large family.

42 You will make an enemy.

43 If you ask a favour now it will be granted.

44 You will be interested in the Navy.

45 You will be prosperous and happy.

46 You have found a new love.

47 You will have bad news.

48 You will attend a wedding.

49 You will make a good bargain.

50 You will meet your beloved soon.

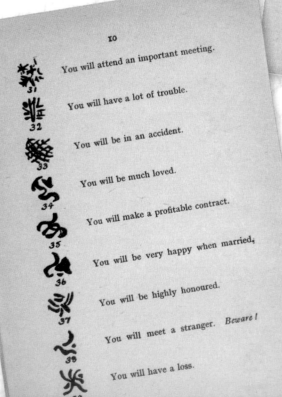

IO

31 You will attend an important meeting.

32 You will have a lot of trouble.

33 You will be in an accident.

34 You will be much loved.

35 You will make a profitable contract.

36 You will be very happy when married.

37 You will be highly honoured.

38 You will meet a stranger. Beware !

39 You will have a loss.

歐洲以這種方式占卜的記載最早見於17世紀，西歐自中國引進茶葉之後。茶葉渣沉在杯底的位置與形狀象徵不同的結果。這件粉紅色的占卜茶杯（見下頁）是1930年代英國斯坦福的帕拉岡骨瓷公司的產品，印在杯中的符號有助於詮釋這些茶葉渣。它的杯緣還有一圈銘文：「我在你的茶杯占卜中看到許多稀奇古怪的事。」

「好吧，你這兒有一個歪七扭八的十字……」他低頭參閱《撥開未來的迷霧》說，「這表示你會遇到『考驗和痛苦』——真對不起呀——不過這兒有一個勉強可以算是太陽的東西……那代表『巨大的幸福』……所以你會遭受到痛苦，可是又非常幸福……」

《哈利波特：阿茲卡班的逃犯》

蘇格蘭的占卜手冊

這本流行於蘇格蘭的茶葉占卜手冊作者姓名不詳，封面上只顯示作者是一位「高地預言家」。書中不僅引導讀者如何詮釋茶葉渣所形成的種種圖案，並且指出理想的茶杯尺寸、形狀及使用的茶葉類型，甚至詳述符號出現在茶杯的什麼位置的重要性。例如，作者在文中指出，圖形越靠近茶杯把手，預言就會越早實現。

帕拉岡骨瓷公司製造的一套算命杯碟
（斯托克，約1932-1939年）
——巫術與魔法博物館

你知道嗎？

茶葉是由茶屬植物的葉子製成的。在英國，有人為了美麗的山茶花而栽種它。

高地預言家編著的《解讀茶杯：如何從茶葉占卜未來？》
（多倫多，約1920年）
——大英圖書館

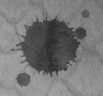

DEFENCE AGAINST ᴛʜᴇ DARK ARTS
黑魔法防禦術

全班同學真正期待的課程是黑魔法防禦術。

《哈利波特:神秘的魔法石》

黑魔法防禦術是「霍格華茲魔法與巫術學院」的一門必修課,學生在這門課堂上學習如何防禦黑魔法、黑生物及大量的黑魔咒。謠傳這份工作遭到詛咒,每一年新學期都會換一個新的黑魔法防禦術老師。

真 相
歷史上的防禦術

綜觀歷史,人們都一直在試圖保護自己不受黑魔法的侵害。在英國,五芒星、花卉圖案,及V與M字母(代表聖母馬利亞),常被刻在住家的門窗及煙囪旁,希望藉此阻止巫師進入。人們相信花楸樹(Rowan trees)也可以阻止惡靈,它們被栽種在墓園內保護死者的靈魂。有些人也會隨身攜帶一小截花楸樹的樹枝,或將它釘在門上以保平安。

奎若教授
一個神經質、說話結巴有顫音的人,纏著一條紫色的大頭巾,裡頭藏著黑秘密。

吉德羅·洛哈教授
有一口令人目眩的潔白牙齒,和一對勿忘我的藍眼睛,但人人都被洛哈的擠眉弄眼與燦爛的笑容所矇騙。

雷木斯·路平教授
許多學生都認為路平是最好的一位黑魔法防禦術老師。路平小時候被狼人焚銳·灰背咬過,多年來一直隱藏他是狼人的秘密。

阿拉特·穆敵教授(瘋眼穆敵)
後來發現是小巴堤·柯羅奇喝變身水偽裝成穆敵教授。

桃樂絲·恩不里居教授
身材矮胖,有一張大餅臉,哈利第一次見到她時就聯想到一隻大蟾蜍。

賽佛勒斯·石內卜教授
有著一頭油膩膩的黑頭髮與蠟黃皮膚的石內卜教授,在哈利就讀霍格華茲六年級時,終於實現他的夢想,成為黑魔法防禦術教授。

艾米克·卡羅教授
艾朵·卡羅的哥哥,他在《哈利波特:死神的聖物》中擔任黑魔法防禦術老師。

吉姆‧凱繪製的「路平教授畫像」
——布魯姆斯伯里出版公司

紅眼睛

在《哈利波特：神秘的魔法石》中，哈利得知佛地魔王的存在，他是食死人的首腦，也是黑魔法大師。

這幾頁打字稿是《哈利波特：神秘的魔法石》的初稿。

> 「……唯一一本用我的老舊電動打字機打的書。」

J.K.羅琳（2017年）

這一章所描述的世界雖然有許多細節與正式發行的版本內容相似，但開頭這幾幕的故事情節卻迥然不同。例如，達力在這份初稿中名叫「迪茲伯里」（Didsbury），而康尼留斯·夫子則是麻瓜首相！

這一幕令人聯想到康尼留斯·夫子在《哈利波特：混血王子的背叛》第一章中拜訪麻瓜首相的情景。

> 「我常會把一些點子裁下來，放進以後的書中，絕不會浪費任何精采的一幕！」

J.K.羅琳（2017年）

海格去夫子的辦公室，提醒他對「那個人」（即便在初稿中，海格也一樣不願說出那個名字）提高警覺，夫子則反過來呼籲民眾要當心這個紅眼侏儒。這個紅眼特徵始終跟隨著佛地魔直到最後，但他的角色是漸進式的發展，最終成為我們從發行的版本中熟知的那個恐怖人物。

「你們那種人？」

「對……我們這種人。我們藏匿了很久，我們現在也都躲起來了，但我不能告訴你太多我們的事，不能讓麻瓜知道我們的事。不過現在情況有點失控，而且跟你們麻瓜也有關係，比如火車上那些人，他們不應該被那樣傷害，所以鄧不利多才派我來，他說現在這也是你們的事了。」

「你是來告訴我，為什麼這些房子會消失？」夫子說，「以及這些人為什麼會被殺害嗎？」

「啊，好說好說，我們還不確定他們已經遇害了，」巨人說，「他只是把他們帶走，需要他們，你知道，他挑最好的，大流士·迪歌、艾爾西·波恩、金翁麥金農夫婦……是的，他要他們追隨他。」

「你是說這個紅眼睛的小──」

「噓！」巨人噓聲說，「不要那麼大聲，就我們所知，他可能就在這裡！」

夫子抖瑟縮了一下，慌亂地看看四周，「有、有可能嗎？」

「不要緊，我想我沒有被跟蹤。」巨人勇敢地小聲說。

「可是這個人是誰？他是什麼東西？他也是你們那……那種人？」

巨人不屑地哼一聲。

「一度是吧，我想，但我看現在已經沒有什麼詞可以適當地稱呼他了。他不是人類，他不是動物，他算不上但願他是，他如果還是個人，他就可以被殺死了。」

「他是殺不死的？」夫子驚駭地自言自語。

「我們是這麼認為的，但鄧不利多正在想辦法，無論如何都要制止他，明白吧？」

「這個當然，」夫子說，「我們不能讓這種事繼續發生……」

「這沒什麼，」巨人說，「他才剛開始而已，一旦他的勢力增強了，一旦他有了追隨者，誰都不得安寧，連麻瓜也不行。但我聽說他會讓你們活命，拿你們當奴隸來使喚。」

夫子嚇得瞪大了眼睛。

「但是這個、這個人是誰？」

「這個笨不多──瞪得多──」

「阿不思・鄧不利多。」巨人用嚴厲的口吻說。

「是的，是的，他——你說他有個計畫？」

「喔，是的，所以還沒有那麼絕望。鄧不利多是他唯一忌憚的人，但他需要你的協助，我就是來請你幫忙的。」

「喔，天哪。」夫子說，幾乎喘不過氣來。「現在的情況是，我正打算提早退休。事實上，就是明天。我太太和我想搬去葡萄牙，我們有一棟別墅——」

巨人身體往前傾，那對甲蟲似的眉毛低低地壓在他一雙亮晶晶的眼珠上。

「如果不制止他，你就算去了葡萄牙也不安全，夫子。」

「是嗎？」夫子有氣無力地說，「喔，那好吧……鄧不利少先生想要什麼？」

「鄧不利多。」巨人說，「三件事。第一，你要在電視台、無線電台，還有報紙上放出消息，提醒大家不要替他指引方向，因為他就是這樣找到我們的，知道吧？他需要內線，他靠背叛增強他的勢力。我不怪麻瓜，但容我說一句，他們不知道自己在做什麼。假如鄧不利多成功除掉他，你一定要發誓，不能到處宣揚你知道的事，那些跟我們有關的事。我們很低調，明白嗎？保持原狀就好了。」

「第二，你得確保你要保證不對任何人提到我們。我們很低調，明白嗎？保持原狀就好了。」

「第三，我離開以前你得給我喝點東西，我回去還要走一段很遠的路。」

巨人隱藏在大鬍子後面的臉咧出一個笑容。

「喔，是，沒問題，」夫子打著哆嗦說，「請自便，那邊有白蘭地……呃，我不是擔心事情會發生——我的意思是，我是一個麻豆……麻夫……不對，麻瓜——但，萬一這個人——這個東西……在找我呢？」

「那你就死定了，」巨人端著一大杯白蘭地，斷然說道，「沒人逃得過他的攻擊，從來沒有生還者。不過就像你說的，你是個麻瓜，他對你沒興趣。」

巨人乾了他的杯中酒後站起來，拉出一把傘。那是一把有碎花的粉紅色小傘。

「那我走了。」他說。

「還有一件事，」夫子說，好奇地看著巨人打開他的傘，「這個……人……叫什麼名字？」

巨人忽然面有懼色。

「這我不能告訴你，」他說，「我們從來不說他的名字，從來不說。」

他將他的小花傘舉到頭上，夫子眨眼間那個巨人就消失了。

* * * *

《哈利波特：神秘的
魔法石》打字初稿
——J.K.羅琳

夫子懷疑他自己是不是瘋了，他當然會這樣懷疑。他真的想過那個巨人也許是他腦中的幻覺，可是巨人喝過的那個大白蘭地酒杯仍千真萬確地擱在他的辦公桌上。

第二天，夫子不讓他的秘書把那個酒杯收走。酒杯可以證明他並非精神失常才做他知道自己必須做的事情。他打電話給所有他認識的記者和電視台，選一條他最喜愛的領帶打上，然後召開記者會。他告訴全世界有一個瘋子瘋狂的大奇怪的小矮人，紅眼睛的小矮人。他呼籲民眾要提高警覺，不能告訴這個小矮人其他任何人住在哪裡。講完這個奇怪的訊息後，他說：「還有任何問題嗎？」但一屋子人鴉雀無聲，顯然，他們都認為他頭殼壞掉了。夫子回到他的辦公室，坐著默默地凝視巨人喝過的空酒杯。他這輩子的~~事業就到此為止。~~

他最不想見的人就是威農·德思禮。德思禮一定會很高興，既然夫子此時顯然已經比一袋鹽焗花生更瘋癲，那麼他當首相的日子就指日可待了。

但夫子還有另一顆震撼彈沒拆。德思禮平靜地敲門進入他的辦公室，在他面前坐下，開口便說：

「你見過他們的人了，是嗎？」

~~他們的~~夫子驚訝地望著德思禮。

「你——知道？」

「知道，」德思禮用生硬的語氣說，「我打從一開始就知道了。我——碰巧知道他們那種人的存在。當然，我沒有告訴任何人。」

* * * * *

~~大部分的大~~

~~也許大家的確大部分的人都認為夫子~~

不管是不是幾乎每個人都認為夫子發瘋了，他的舉動似乎遏止了那些怪裡怪氣的意外事件。整整三週過去了，那個白蘭地酒杯仍留在夫子的辦公桌上為他壯膽，而且沒有任何一輛巴士飛到天上去，英國的住宅都好好地待在原位，火車也不再往水裡游。夫子甚至沒告訴他太太那個手持花傘的巨人的事，他只是等待、禱告，交叉著手指睡覺。假如他們已經設法剷除那個紅眼侏儒，這個鄧不利多應該會捎來訊息吧？否則，這種可怕的沉默就意味著那個侏儒已如願以償幹掉每一個人，現正計畫來到夫子的辦公室，為他曾經幫助過另一邊（無論他們是誰），而讓他從人間消失。

然後，星期二——

你知道嗎？

佛地魔在霍格華茲完成學業之後，曾經回去要求擔任黑魔法防禦術老師。

那天傍晚當其他人都下班後，德思禮鬼鬼祟祟地拎著一只搖籃到夫子的辦公室，將搖籃放在他桌上。

那個孩子睡得很熟。夫子緊張兮兮地瞄一眼搖籃，男嬰的額頭上有個傷口，形狀很奇怪，看起來像一道閃電。

「我想這個傷口會留下疤痕。」夫子說。

「別管那個該死的疤痕了，我們要如何處置他？」德思禮問。

**《哈利波特：神秘的
魔法石》打字初稿**

——J.K.羅琳

「處置他？怎麼，當然是你把他帶回家啦。」夫子詫異地說。「他是你的外甥，他的父母被消失了，我們還能怎麼辦？我還以為你不希望任何人知道你有一個跟這些怪人怪事有關的親戚。」

「帶他回家！」德思禮驚恐地說，「我兒子迪茲伯里也是這個歲數，我才不要他和這些東西有任何接觸。」

「那好，德思禮，我們只好想辦法找個願意收養他的人。當然，這種事很難不讓媒體知道，那些消失的人沒有一個活下來，他們一定很有興趣知道──」

「喔，好吧，」德思禮沒好氣地說，「我收養他。」

他拎起搖籃，忿忿地踩著沉重的步伐離開辦公室。

夫子收拾好手提包，他也該回家了。他才剛把手放在門把上，就聽到背後傳來一聲低沉的輕咳，嚇得他一手摀住心臟。

「別傷害我！我是麻瓜！我是麻瓜！」

「我知道你是麻瓜。」一個低沉的吼聲說。

是那個巨人。

「是你！」夫子說，「什麼事？喔，我的天，不要告訴我──」他發現巨人在哭泣，拿著一條大花巾擤鼻涕。

「都結束了。」巨人說。

「結束了？」夫子虛弱地說，「沒有成功？他殺了瞪得多？我們都要成為奴隸了？」

「不，不，」巨人啜泣著說，「他走。大家都回來了，迪歌、波恩、麥金農夫婦……他們都回來了，平安無恙，被他帶走的人都回到我們這邊了，反倒是他自己失蹤了。」

「我的天！這是天大的好消息！你的意思是瞪得笨波的計畫成功了？」

「連派上用場的必要都沒有。」巨人說，一邊用手巾揩他的眼睛。

哈利抵達水蠟樹街

「只要你母親的親人所居住的地方還算你的家，佛地魔就無法在那裡碰觸你或傷害你。他殺死你的母親，但她的血液繼續在你和她姊姊的體內流動，她的血液成為你的庇護。雖然你只需要每年回去一次，不過只要那裡還是你的家，在那裡他就無法傷害你……」

鄧不利多教授／《哈利波特：鳳凰會的密令》

J.K.羅琳手繪的這張素描呈現的是哈利波特被送到德思禮家那一幕。海格仍戴著他的摩托車護目鏡，彎腰讓鄧不利多與麥教授看他手上抱的嬰兒。身上裹著白色毛毯的哈利是這張圖的視覺焦點。

J.K.羅琳繪製的「哈利波特、鄧不利多、麥教授與海格」
——J.K.羅琳

魔法圈

魔法世界會使用保護咒來保護東西。霍格華茲有麻瓜驅逐咒的保護，在麻瓜眼中，霍格華茲看起來就像一座廢棄的舊城堡。

在這幅約翰・威廉・沃特豪斯（1849-1917年）的油畫作品中，一名婦女手持魔杖在她四周畫出一個保護圈，這個魔法圈外是一片荒漠的景色，有幾隻烏鴉、蟾蜍和一顆半埋在地上的骷髏頭，而保護圈內我們可以看到熊熊燃燒的火、盛開的鮮花，以及婦女身上鮮豔美麗的衣裳。

約翰・威廉・沃特豪斯的油畫作品「魔法圈」
（1886年）
——泰特不列顛美術館

「既然要留下，就應該在四周設下一些保護咒。」她答道，舉起了魔杖，開始繞著哈利、榮恩走了很大一個圈子，一邊唸唸有詞。哈利看見四周空氣微微波動，彷彿妙麗在空地上罩下了一層熾熱的薄霧。

《哈利波特：死神的聖物》

自己做

瓶中精靈

在一個大塑膠瓶內裝上冷水，滴幾滴橘色的食用色素在裡面，然後請一位成年人幫你把一個白色的薄塑膠袋從底部算起往上剪出大約十公分的高度，使它成為一個「迷你袋」，接著裝一大匙水在這個塑膠袋中，再用橡皮筋將袋口束緊，使它成為一個裝滿水的「頭」（你的精靈）。在這個頭上畫出一張臉，要確保這個頭必須能塞進塑膠瓶內，然後將精靈頭底部的塑膠紙剪成一絲絲，最後將你的精靈從頭部塞進塑膠瓶，再把瓶蓋蓋起來，搖晃瓶身！瞧，你的精靈在飄浮……

蛇魔法師

在哈利波特的魔法世界中，蛇占有一個重要的地位。霍格華茲的史萊哲林學院創辦人薩拉札·史萊哲林、佛地魔及哈利都是「爬說嘴」，他們可以和蛇溝通；而佛地魔的寵物蛇兼忠僕娜吉妮就是一條至少有十二呎長的巨蟒。

他像呆子般地朝著黑蛇猛喊道：「離開他！」然後黑蛇居然奇蹟似地——不可思議地——應聲倒在地板上，變得非常溫順馴良，活像是一條粗粗的黑色水管，而牠的目光現在也已轉向哈利。

《哈利波特：消失的密室》

這張魔法師弄蛇的圖片來自一本插畫精美、並以真金塗飾的動物寓言集，內容述說若干神話中的蛇，包括角蝰（Emorroris，一種有角的毒蛇）。文中指出，一旦被這種小型毒蛇咬到，傷者會從全身毛孔滲出血液，直至喪命。

但這件手稿又繼續說明如何捕捉這種蛇。捉蛇時，魔法師必須先對蛇吟唱，直到牠被催眠，這時魔法師（圖中顯示他的手上握著一根魔杖）就能取下長在毒蛇頭上的寶石。這件手稿共有80幅真實與神話傳說中的生物插圖，如鳳凰、獨角獸及人馬。

一本動物寓言集中的蛇魔法師插圖
（英格蘭，13世紀）

——大英圖書館

真相

什麼是動物寓言集？

動物寓言集（bestiary）是一種有精美插畫的書籍，內容主要是描寫動物以及和動物有關的故事。最早的動物寓言集是以古希臘文書寫，中世紀以後逐漸流行。動物寓言集內容涵蓋真實與神話傳說中的動物，因此你可能在裡面同時找到龍與獨角獸，以及獅子與熊的相關資料。

神奇的蛇

歷史上，人類一直都相信蛇是神奇的生物，因為牠們能蛻掉舊皮、長出新皮，因此常被用來譬喻重生、再生與療癒。在許多文化中，牠們代表善也代表惡。

這支魔杖是以一種在泥炭層中埋藏數百年的木材雕刻而成，稱為沼澤橡木。泥炭層低氧、低酸、低單寧酸的有利條件使木材得以完整保存下來，並使它的質地變得更堅硬，顏色更黑。雕刻這支魔杖的人名叫史蒂芬·霍布斯，他把它送給一名威卡教派祭司史都華·法拉（1916-2000年）。魔杖身上雕刻一條蛇，據信這樣能增強它的力量。

底下是一支曾被用來傳送魔法力量的木棍，它的深顏色與蛇的形狀難免令人猜疑它是善良或邪惡的用途。

> 蛇突然張開牠珠子般的眼睛。牠用非常緩慢的動作漸漸抬起頭來，直到與哈利的視線相接。牠眨了一下眼睛。
>
> 《哈利波特：神秘的魔法石》

蛇雕魔杖
——巫術與魔法博物館

蛇形木棍
——巫術與魔法博物館

你知道嗎？

據信，蛇在魔法中有善與惡兩種作用。將響尾蛇皮，或響尾蛇本身磨成粉，用在符咒中可以帶來好運。蛇皮同樣也被認為可以逆轉致人於瘋狂的符咒。但人們相信，餵食敵人蛇血會使蛇在他們體內生長。北美與拉丁美洲都會使用這樣的符咒。

真相

魔杖與魔法

魔杖、枴杖、棍棒、權杖長久以來都與權力有關。最早是祭司們將一些細小的樹枝綁在一起，用來召喚神靈。在魔法中，魔杖被用來傳送能量或魔咒。它們可以用不同類型的木材製作，從而具備不同的特點，甚至可以與其他植物、羽毛、寶石或金屬結合起來增強它們的能力。

哈利與蛇妖

佛客使在牠頭邊飛著打轉，而蛇妖露出像軍刀般又長又利的毒牙，憤怒地朝牠狂吞亂咬。

《哈利波特：消失的密室》

在這幅驚心動魄的圖畫中，巨大的蛇妖盤繞著身軀從哈利身邊經過。這隻怪獸是如此巨大，令人難以分辨牠的身軀從哪裡開始，或在什麼地方結束。哈利手中緊緊握著鑲嵌紅寶石的葛來分多寶劍，準備揮向蛇妖。蛇妖的黃眼睛被佛客使的爪子抓傷後血流如注。這是《哈利波特：消失的密室》中的一幅插畫。

你知道嗎？

根據1595年編撰的《動物史》（Historia animalium）記載，鼬鼠的氣味可以殺死蛇妖！

吉姆・凱繪製的
「哈利波特與蛇妖」

——布魯姆斯伯里出版公司

蛇妖

那隻通體獰惡鮮綠、粗如橡木樹幹的龐然巨蛇，整個身子高高豎了起來，圓鈍鈍的大頭像喝醉酒似地在石柱間彎來繞去。

《哈利波特：消失的密室》

《簡述蛇妖或雞蛇的本質》(a Brief Description of the Nature of the Basilisk or Cockatrice) 全書總共只有三頁，作者為詹姆斯·沙加度。大約在1680年，一名剛從衣索匹亞返回荷蘭的醫生給沙加度看一隻蛇妖（想來應該是已製成標本）。

沙加度於是為這隻蛇妖寫了這本小手冊，形容這隻怪獸通體黃色，頭上有個類似皇冠的硬殼，身體似雞，但有一條蛇尾。沙加度並在文中指出這種蛇妖的眼光十分危險：「在亞力山大大帝時代就有這樣一隻蛇妖，藏匿在牆內，用牠的眼光凝視他的部隊，殺了許多士兵。」

《簡述蛇妖或雞蛇的本質》
（倫敦，約1680年）
——大英圖書館

衣索匹亞
護身符

「……我記得我在瓦加度古碰過類似的情形，」洛哈說，「當時發生一連串的攻擊事件，我的自傳裡有詳細記載這整個故事。我把各式各樣的護身符分給當地村民，事情就立刻迎刃而解……」

《哈利波特：消失的密室》

這本魔法秘笈（見下頁）是1750年在衣索匹亞書寫的，用的是一種叫吉茲語（Ge'ez，又稱古衣索匹亞語）的語言，內容匯集了大量防衛用的避邪物、護身符及符咒。這件手稿應該是屬於驅魔師（驅趕惡靈的人）或法師（debteras）所有。

在衣索匹亞某些地區，法師是宗教人物，他們接受訓練擔任治療師、算命師及占卜師的工作，製作護身符保護當地居民，防止惡靈的侵害。他們也在野外豎立稻草人，並且幫人們治療頭蝨！

衣索匹亞魔法秘笈（1750年）
——大英圖書館

據瞭解，法師是製作護身符卷軸與從事傳統醫療的人。這幾張圖片內有一些護身符圖案與幾何圖像，是用來製作護身符卷軸的。秘笈中還有一些解除惡咒與魔咒的祈禱文。護身符圖案著重在眼睛圖像，旨在防衛黑魔法。

CARE OF MAGICAL CREATURES
✦ 奇獸飼育學 ✦

> 「過來呀，還杵在那兒幹嘛，快動啊！」他在學生們走近時喊道，
> 「今天有好東西給你們看唷！就要上一堂很棒的課囉！」

《哈利波特：阿茲卡班的逃犯》

「奇獸飼育學」是霍格華茲的一門選修課，哈利、榮恩與妙麗升上三年級時第一次選修。上課時，學生要學習種類繁多的神奇生物的一切知識，從飼養牠們的食物及牠們的繁殖習性，到怎樣幫助牠們在魔法世界茁壯成長。每一堂課都會學習一種不同的新物種，如鷹馬、黏巴蟲及爆尾釘蝦。

真相

古人對怪獸的信念

從前，人們真的相信有怪獸。地震被認為是地底下的怪獸在活動而引起的，假如兒童在湖邊玩耍失蹤了，人們就歸咎於會變形的水鬼把他們偷走。

有些生物或許只是人們對他們的所見而產生的誤解。例如，人魚有可能是一種名叫儒艮（dugong，意思是「海中女士」）的海洋哺乳動物，這些生物會像人類那樣抱著牠們的寶寶，並且會把頭探出水面，這時牠們身上覆蓋著水草，遠遠望去就像長頭髮一樣。

魯霸 · 海格

霍格華茲的鑰匙管理員兼獵場看守

專任科目：奇獸飼育學

外表： 有一半巨人血統，一頭毛茸茸的黑髮和滿臉的鬍鬚將他的臉遮去一大半。海格身材巨大，他的手掌大如垃圾箱蓋，一雙腳有如小海豚。

你知道嗎： 貓會使海格打噴嚏！

「畫海格很輕鬆，因為畫兒童時線條不能有任何差錯，稍微多塗一下就會使一個小孩看起來老十歲。但畫海格沒有這種顧慮：他看上去就是一團亂七八糟的線條。」

吉姆 · 凱（2017年）

吉姆 · 凱繪製的「海格畫像」

—— 布魯姆斯伯里出版公司

地下巨人

《地下世界》（Mundus Subterraneus）這本書的作者阿塔納斯·珂雪（1602-1680年）有一次在義大利旅行時遇到地震，使他對地下的世界產生濃厚的興趣。這個興趣甚至促使他爬進七年前才爆發過的維蘇威火山內部！

珂雪相信地球表面底下布滿空間和隱密的洞穴，這些洞穴裡面住著許多奇妙的東西，包括龍，甚至巨人。珂雪宣稱，14世紀在西西里的一處洞穴中曾發現一具巨人的骸骨。這張圖就標示出那個西西里巨人與一般正常人、《聖經》中的巨人哥利亞、一個瑞士巨人，以及一個茅利塔尼亞巨人的身高比例。

阿塔納斯·珂雪所著的《地下世界》的巨人
（阿姆斯特丹，1665年）
——大英圖書館

真 相

巨 人

幾乎每個國家都有巨人的傳說。一般人相信，那些超出人為想像的古代遺跡或自然地標都是他們建造的，例如，英國威爾特郡的巨石陣，或北愛爾蘭的巨人堤道。

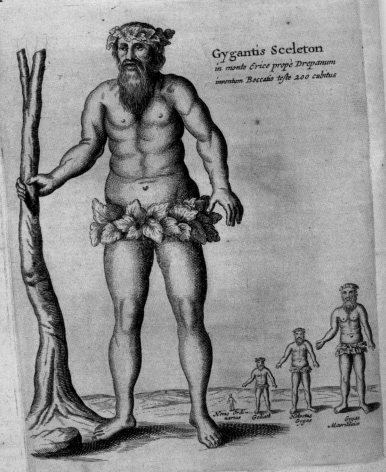

海格與哈利
在古靈閣

他們繼續深入地底，速度漸漸加快。當他們橫衝直撞地繞過狹隘的轉角，周遭的空氣也變得越來越冰冷刺骨。

《哈利波特：神秘的魔法石》

在這張J.K.羅琳手繪的插圖中，海格第一次帶哈利去古靈閣銀行開啟他的金庫，金庫設置在這個魔法銀行地下深處那些防衛森嚴的洞穴中。身材龐大的半巨人海格勉強擠進那輛小推車，當他們橫衝直撞地快速穿越迷宮般的地下通道時，海格用手蒙住眼睛，而坐在旁邊的哈利則一直睜大著眼睛。

J.K.羅琳繪製的
「海格與哈利在古靈閣」
——J.K.羅琳

山怪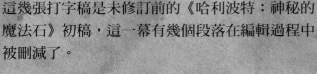

這幾張打字稿是未修訂前的《哈利波特：神秘的魔法石》初稿，這一幕有幾個段落在編輯過程中被刪減了。

這份初稿所描述的榮恩與哈利在女生廁所內和山怪面對面的情境，與發行的版本內容不同。

「哈囉，哈囉，」它心不在焉地說，「我只是在想一個小問題，不用理會我……」

「皮皮鬼這次又幹了什麼事？」哈利問。

「不，不。我擔心的不是皮皮鬼，」差點沒頭的尼克若有所思地望著哈利說，「告訴我，波特先生，假如你

167

擔心某個人會做出什麼他們不該做的事，你會去告訴其他可能會制止這件事的人嗎，即使你認為這個人很可能不會幫忙？」

「呃……你是指，譬如我會不會為馬份的事去找石內卜？」

「差不多，差不多就像這樣……」

「我想石內卜不會幫我，但還是值得一試，我想。」哈利好奇地說。

「是……是……謝謝你，波特先生……」

差點沒頭的尼克飄走了，哈利和榮恩目送他離開，滿臉疑惑。

「我想沒有頭就不會有腦吧。」榮恩說。

奎若上課遲到了。他臉色蒼白慌慌張張地衝進教室，滿臉焦慮，叫他們立刻翻到「五——五十四頁」，看「山——山怪」那部分。

「現——現在，誰能——能——能告訴我山——山怪有哪三種？是，格——

167

格蘭傑小姐？」

「山區山怪、河濱山怪，和海洋山怪，」妙麗立刻說，「山區山怪的體型最大，他們的膚色灰白，禿頭，皮比犀牛還要硬，力氣勝過十個人類，但他們的腦只有一粒豆子那麼大，所以很容易糊塗。」

「非——非常好，謝謝妳，格……小姐。」

「河濱山怪的皮膚是淡綠色的，頭髮細而稀疏。」

「是——是——是的，謝謝妳，非常好。」

「——海洋山怪的膚色是灰紫色的，而且——」

「喔，拜託，誰來叫她住嘴吧。」西莫大聲說，有幾個人笑出聲來。

妙麗猛的跳起來，撞翻了她的椅子，發出好大的聲響。她雙手掩面衝出教室，留下一屋子尷尬的沉默。

「喔，天——天——天哪。」奎若教授說。

*

第二天哈利醒來，他首先注意到的是房間內飄著陣陣鮮美的飯菜香。

「南瓜，錯不了！」榮恩說，「今天是萬聖節！」

哈利很快就明白，在霍格華茲，萬聖節等同於小規模的耶誕節。當他們下樓到大廳吃早餐時，發現大廳內已裝飾了數千隻真正的蝙蝠，牠們倒掛在天花板和窗櫺上熟睡著。海格在所有餐桌上都擺上掏空的南瓜。

「今晚有大餐喔，」他笑著對他們說，「晚上見！」

由於這天會提早下課，空氣中彌漫著節慶的氣氛，人人都無心上課，這使麥教授有些氣惱。

168

「除非你們定下心來，否則不准吃晚餐。」她走進變形學教室，幾分鐘後說道。她瞪著他們，直到他們都安靜下來。然後她挑起眉梢。

「妙麗·格蘭傑在哪裡？」

大家都面面相覷。

「巴提小姐，妳有看到格蘭傑小姐嗎？」

芭蒂搖頭。

櫥櫃的門，但沒看到任何山怪的蹤跡。

他們剛決定去地牢試試看時，就聽到後面傳來一陣急促的腳步聲。

「是石內卜，他會把我們趕回去──快，躲到這後面！」

他們擠進一尊「笨頭笨腦的戈弗雷」石像後面。

果然，一會兒後他們瞥見石內卜的鷹勾鼻匆匆經過。接著，他們聽到他低聲說了一句「阿咯哈嘸啦」，然後喀嗒一聲。

「他去哪了？」榮恩悄聲問。

「不知道──快，免得他又回來。」

他們快速下樓，一次跳三級，一頭衝進冰冷漆黑的地牢。他們穿過平時上課的魔藥學教室，很快便進入他們以前從未見過的走道。他們放慢腳步，看看四周，這裡的牆壁不但潮濕，而且黏糊糊的，空氣潮濕而陰冷。

「沒想到這裡有這麼大，」當他們又轉個彎，發現前面有三條可供選擇的通道時，哈利說道，「這裡的地下很像古靈閣……」

173

榮恩嗅著潮濕的空氣。

「你有沒有聞到一股味道？」

哈利也用力一吸，榮恩說得對，除了地牢一般的霉味外還有另一股氣味，一股噁心的臭味，聞起來好像是臭襪子加上很久沒有清理的公廁尿臊味。

接著他們就聽到了。一陣低沉的怒吼──沉重的呼吸聲──和巨腳踩向地面的沉重腳步聲。

他們停下腳步不動──在這麼多回音中，他們分辨不出聲音來自何方──

榮恩忽然伸手一指；指向一條通道的盡頭。

J.K.羅琳的《哈利波特：神秘的魔法石》打字初稿

──J.K.羅琳

有個巨大的影子正在移動。牠沒有看到他們……牠在他們的視線之外緩慢移動……

「梅林的鬍子，」榮恩輕聲說，「牠好巨大……」

兩人面面相覷。現在他們看到山怪了，先前以為可以對抗牠的想法似乎有點兒──愚蠢。但兩人都不願說出口，哈利裝出一副勇敢且不在乎的樣子。

「你有看到牠拿著木棍嗎？」他知道山怪通常會攜帶一根大木棍。

榮恩搖頭，他也故意裝出毫不擔心的樣子。

「你知道我們應該怎麼做嗎？」哈利說，「跟蹤牠，想辦法把牠鎖在地牢的一個房間內──你知道，把牠關起來……」

榮恩就算內心暗暗希望哈利會說「我們回去吃大餐吧」，他也沒有表現出來。把山怪鎖在一個房間內總比對抗牠要好得多。

「好主意。」他說。

他們慢慢爬過通道。當他們爬到通道盡頭時臭味越來越重了。兩人在轉角處緩緩地四下張望。

174

牠就在那裡，正慢慢地走開。即使從背後看，那也是一幅恐怖至極的畫面。牠足足有十二呎高，皮膚是暗沉的花崗岩灰，如巨石般龐大且肌肉暴凸的軀體上，鑲著一顆椰子似的小禿頭。牠有著樹幹般粗壯的短腿，和扁平粗硬的腳。身上散發出可怕的臭味。牠的手裡握著一根大木棍，因為手臂過長，木棍一直拖在地上。

他們把頭縮回來。

「你看到那根木棍的尺寸沒？」榮恩小聲說。他們兩人都不可能抬動它。

「我們等牠走進一個房間內就把門鎖起來。」哈利說，看看四周。

山怪停在一個門口邊，正往裡面張望。現在哈利可以看見牠的臉了；牠有一對紅色的小眼睛，一個大南瓜鼻，和一張大嘴。牠還有一對長耳朵，牠一搖頭，長耳朵就晃呀晃的。牠用牠的小腦袋想了一會兒，低頭彎腰地慢慢走進房間。

　　哈利看看四周，尋找東西。

　　「那裡！」他對榮恩小聲說，「看到沒？那邊牆上！」

　　前方通道的半路上懸掛著一條生鏽的長鐵鍊。哈利與榮恩快速往前衝，將它從掛鈎上拿下來。他們盡可能不讓鐵鍊發出聲響，躡手躡腳慢慢挪向那扇敞開的門，暗暗祈禱山怪千萬別在這個時候出來──

　　哈利抓住門把，砰地一聲把門關上：他們用顫抖的手將鐵鍊穿過門把，掛在凸出牆上的一個螺栓上，用力拉緊。

　　「牠要好一陣子才出得來。」哈利喘著氣說，兩人把鐵鍊又拉過來繞過門前，牢牢綁在一個火炬架上。

　　「走吧，

175

我們去告訴他們我們抓到牠了！」

　　帶著勝利的興奮心情，兩個人沿著通道往回跑，但才剛到轉角，就聽到了讓他們幾乎心跳停止的聲音──一聲高亢恐懼的尖叫──聲音的來源正是他們剛才用鐵鍊鎖住的房間──

　　「喔，不妙。」榮恩的臉色變得跟血腥男爵一樣慘白。

　　「有人在裡面！」哈利倒吸一口氣說。

　　「妙麗！」他們異口同聲地喊。

　　他們實在不想這麼做，但除此之外他們還有什麼選擇呢？兩個人連忙掉過頭，全速衝回那扇門，在慌亂中解開鐵鍊──哈利拉開門──然後一起跑了進去。

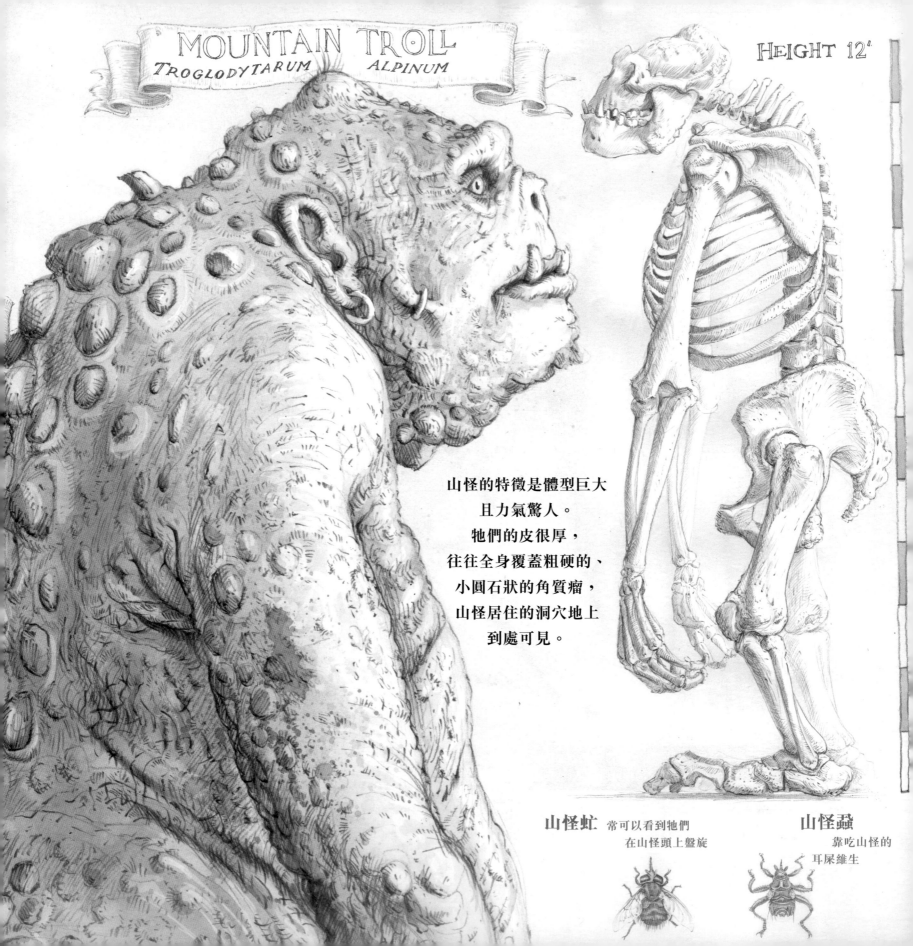

MOUNTAIN TROLL
TROGLODYTARUM ALPINUM

HEIGHT 12'

山怪的特徵是體型巨大
且力氣驚人。
牠們的皮很厚，
往往全身覆蓋粗硬的、
小圓石狀的角質瘤，
山怪居住的洞穴地上
到處可見。

山怪虻 常可以看到牠們
在山怪頭上盤旋

山怪蝨
靠吃山怪的
耳屎維生

山區山怪

那是一個恐怖至極的畫面。牠足足有十二呎高，皮膚是暗沉的花崗岩灰，如巨石般龐大且肌肉暴凸的軀體上，鑲著一個椰子似的小禿頭。牠有著樹幹般粗壯的短腿，和扁平粗硬的腳。

《哈利波特：神秘的魔法石》

這是吉姆‧凱繪製的「山區山怪研究圖」，他還寫出山怪的學名——「Troglodytarum Alpinum」。這種生物全身長滿硬瘤，臉上的表情空洞。

你知道嗎？

山怪（troll）這個名詞源自古諾爾斯語（又稱古斯堪地那維亞語），這種生物最早出現在斯堪地那維亞民間傳說，「trow」這個字雖然也來自「troll」，但它實際上指的是另一種截然不同的生命：住在昔德蘭島上的精靈或隱身人。

吉姆‧凱繪製的「山區山怪素描」
——布魯姆斯伯里出版公司

毒蟾蜍

蟾蜍自古以來就出現在民間的神怪傳說中，指稱牠們能預測天氣、帶來好運，並且可以用來治病。這隻蔗蟾又名海蟾蜍，是世上體型最大的蟾蜍。牠的四肢沒有蹼，眼睛有棕色的虹膜，全身皮膚表面有點狀凸起，為分泌乳白色毒液的毒腺體。這種蔗蟾是著名的德國生物學家馮斯皮克斯（1781-1826年）在他的著作中提到的許多生物之一。

J.B.馮斯皮克斯的《新物種：1817-1820年於巴西的蒐集與描述》（慕尼黑，1824年）
——大英圖書館

BUFO Agua
Le Crapaud Agua
Tab. XV.

逃出古靈閣

這是J.K.羅琳寫《哈利波特：死神的聖物》時的部分手稿，在這一幕中，哈利、榮恩與妙麗騎在龍背上逃出古靈閣。這一頁描述的是這場驚天動地的大逃亡，另一頁則是描述三人仍在雷斯壯的金庫中時，哈利當場摧毀金杯（赫夫帕夫分靈體）。這一段後來在發行的版本中被改過了。

從這件手稿可以看出，這些書中的場景不一定按照順序編寫，有些甚至是後來改寫的。這裡邊有許多句子被畫掉，還有箭頭，稿紙邊上添加一小段句子，第二頁上方還出現一個又又，我們可以假設這裡到後面階段還會再加入一點東西。

J.K.羅琳的《哈利波特：
死神的聖物》早期手稿
——J.K.羅琳

sword ~~and~~ seized Griphook's hand and
pulled. The blistered, howling Goblin
emerged by degrees.

'~~Hermione let me down!~~' ~~Harry yelled.~~
'X' yelled Harry and he landed on the
bumpy surface of the ~~hot~~ smelling treasure
~~with the goblin on his shoulder again,~~ ~~but~~
now ~~a hundred~~ ~~of them~~ ~~often,~~ ~~but~~
Gryffindor ~~multiplying~~ were multiplying all
around him.

'The real one —' he groaned: ~~he~~
~~Don't~~ head to destroy the Horcrux, ~~it~~ 'where-
it's got the cup on it —'
~~And then it was~~
The jewelled hilt was ~~showed into~~
his hand: Griphook had ~~spotted and~~ seized it. In one
fluid action, ~~the this~~ the ~~hot~~ air, ~~was~~ full of ~~the~~
~~got~~ screams, ~~and he~~ Harry ~~swung~~
~~raised~~ the sword ~~into the air~~ ~~flung~~ the cup ~~flew~~
into the ~~air~~ up, turned over and fell, and he impaled it on the blade
~~down, so that~~ the point of the sword
penetrating the bottom of the cup.
~~There was a~~

He heard no sound, but a bloodlike
liquid gushed from the punctured cup,
splashing over ~~all~~ Hermione who choked and ~~gasped~~ ~~of them,~~ and then
they were sliding uncontrollably out of
the vault on a great mass of gold and
silver: the waiting goblins had removed
the door ~~again.~~
~~The treasure~~
~~there was~~ only in ~~Harry's~~ his head
~~Harry~~ ~~he~~ had only one thought: goblins
did not carry wands.

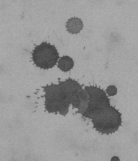

波隆那龍

1572年5月13日，相傳義大利波隆那鄉間發現一頭「怪獸龍」。這個發現被視為惡兆，於是這條龍的屍體被送交著名的自然學家及收藏家烏利塞·阿爾德羅萬迪（Ulisse Aldrovandi，1522-1605年）檢驗。阿爾德羅萬迪把他的發現寫在他的著作《蛇與龍的歷史》（A History of Snakes and Dragons）中。這本書詳細介紹蛇、龍及其他怪獸，並說明牠們的習性與棲息地。

烏利塞·阿爾德羅萬迪，《蛇與龍的歷史》（波隆那，1640年）
——大英圖書館

你知道嗎？

這隻波隆那龍聽起來也許是個騙局，但阿爾德羅萬迪是個頗受敬重的自然學家，他寫了詳細的筆記，並畫了一幅有兩隻腳的爬蟲類圖片。我們無法得知他究竟看到了什麼，但兩足爬蟲類確實存在，也許阿爾德羅萬迪的龍是一種與牠相關的物種，但現在已經絕跡……

龍蛋

吉姆·凱繪製的這張龍蛋圖顯示龍有許多不同的物種。在創作這張圖時，畫家先畫出不同形狀的蛋的輪廓和底色，接著細部描繪並增添色彩與斑紋，最後再以數位處理文字，完成了這幅畫。右邊的比例尺顯示最小的龍蛋大約有六吋高（相當於一顆鴕鳥蛋），最大的有十五吋。這些龍蛋有的看似很普通，有的毫無疑問屬於魔法世界。

自 己 做

自己製作龍蛋

請一位成年人幫你煮一顆水煮蛋，靜置十分鐘讓它稍微冷卻。取一小匙膠狀食用色素和兩大匙白酒醋在一個小碗中混合均勻，將微溫的蛋置入碗中。顏料水不會完全覆蓋蛋的表面，但不用擔心，浸泡十分鐘後將蛋翻轉過來，讓另一面也著色。這個步驟重複做兩次。接著在顏料水中添加四大匙熱水，讓整顆蛋在稀釋的顏料水中靜置三十分鐘，中間再翻轉一或二次，然後取出放在紙巾上讓它晾乾，你就有一顆有斑紋的龍蛋了。

吉姆·凱繪製的龍蛋
——布魯姆斯伯里出版公司

DRAGON EGGS

FROM "DRAGON-BREEDING FOR PLEASURE AND PROFIT"

摘錄自　　　《養龍的快樂與利潤》

HUNGARIAN HORNTAIL

匈牙利角尾龍

UKRANIAN IRONBELLY

烏克蘭鐵腹龍

ANTIPODEAN OPALEYE

紐澳彩眼龍

SWEDISH SHORT-SNOUT

瑞典短吻龍

HEBRIDEAN BLACK

布里底黑龍

PERUVIAN VIPERTOOTH

秘魯毒牙龍

CHINESE FIREBALL

中國火球龍

INCHES　單位：吋

ROMANIAN LONGHORN

羅馬尼亞長角龍

NORWEGIAN RIDGEBACK

挪威脊背龍

COMMON WELSH GREEN

威爾士綠龍

差點沒頭的
尼克

「靈魂處」是奇獸管控部門轄下的三個辦公室之一，另外兩個是「野獸處」與「生命處」。「妖精聯絡處」和「有害動物諮詢局」也在它的管轄之內。

這張J.K.羅琳手繪的「差點沒頭的尼克」素描，說明這個葛來分多駐塔幽靈怎樣「差點沒頭」。它想必是「差點沒頭的尼克」（生前的頭銜為敏西—波平敦的尼古拉斯爵士）的早期形象，因為它沒有穿葛來分多學生所熟悉的縐領。

J.K.羅琳繪製的「差點沒頭的尼克」（1991年）
——J.K.羅琳

愛吵鬧的
皮皮鬼

J.K.羅琳親筆畫的這張「皮皮鬼」素描是這個霍格華茲促狹鬼的顯影形象。它能任意隱形。促狹鬼（Poltergeists，在德語中意指「吵鬧鬼」）顧名思義是調皮吵鬧的鬼，它會製造物理干擾。

J.K.羅琳繪製的
「皮皮鬼」（1991年）
——J.K.羅琳

吉姆·凱繪製的
「差點沒頭的尼克」
——布魯姆斯伯里出版公司

真相

幽靈與促狹鬼

促狹鬼應該是會移動物體並發出無法解釋的聲音。但顯然地，在沒有人的時候，伯明罕桑頓路的促狹鬼會對窗戶投擲石塊。

幽靈是指人或動物死後的靈魂，它們會在不同的地方出沒。在寒冷的天氣裡，人們會信誓旦旦地宣稱看到一隻雞的幽靈在倫敦池塘廣場一帶徘徊！

鷹馬巴嘴

他們一踏進海格的小木屋，第一眼看到的就是巴嘴，牠趴在海格的百衲被上，巨大的羽翼收起來緊貼著身體，正在津津有味地享用一大盤死雪貂。

《哈利波特：阿茲卡班的逃犯》

在這張吉姆·凱繪製的插畫中，鷹馬「巴嘴」霸占牠主人的床舖，牠最愛吃的點心雪貂就擱在牠的鳥喙旁。海格小木屋內的裝潢是根據現實中的得比郡卡爾克修道院的園丁小屋而繪製的。圖中的藍色亮點是呼應修道院內著名的風信子。

吉姆·凱繪製的「鷹馬巴嘴」
——布魯姆斯伯里出版公司

真相

「鷹馬」（Hippogriff）這個字是以馬（horse）和古希臘文的鷹面獅身獸（griffin）結合而成的。義大利詩人魯多維奇·阿里奧斯托（1474-1533年）在他的長篇史詩《瘋狂奧蘭多》（Orlando Furioso）中最早提到這種怪獸。根據傳說，鷹面獅身獸是鷹馬的祖先。

表現傑出的貓頭鷹

貓頭鷹在魔法世界中雖然沒有魔法，但牠們是受喜愛的寵物，因為牠們被當作信差使用。雪鴞原產於北美與歐亞大陸（歐洲與亞洲連接的陸塊）的北極地區。這一對實體大小的手繪雪鴞畫像摘錄自一部皇皇巨著《美國鳥類》（Birds of America），它是第一部將北美地區的原生鳥類繪製成冊的鳥類圖鑑。畫家約翰·詹姆斯·奧杜邦選擇將所有鳥類以牠們的實際尺寸呈現出來。

雪鴞插畫，摘錄自約翰·詹姆斯·奧杜邦繪製的
《美國鳥類》圖鑑（倫敦，1827-38年）
——大英圖書館

「那是人魚嗎？」

這是從《哈利波特：消失的密室》初稿中刪除的一個章節，它的內容描述榮恩與哈利開著那輛福特怪車衝進霍格華茲校園內的湖泊，而不是撞上渾拚柳。其後兩人被人魚救出，牠們幫忙把車子翻轉過來，拖到安全的地方。

這兩頁初稿敘述人魚冒出水面，以英語和榮恩與哈利對話。但在發行的版本中，人魚的特性已發展完成，牠們只說人魚語。

《哈利波特：消失的密室》
打字初稿中被J.K.羅琳刪除的人魚章節
——布魯姆斯伯里出版公司

人魚

在《怪獸與牠們的產地》中，魔法界著名的魔法動物學家紐特·斯卡曼德（Newt Scamander）指出幾件與人魚有關的趣事。人魚又名海妖、海精或水妖，牠們的習性與風俗對我們來說仍是個謎。麻瓜驅逐咒可以防止牠們居住的湖泊或河流被人發現與入侵。人魚說人魚語，而且牠們和人馬一樣，推辭了「靈性生物」的頭銜，寧可被歸類為「怪獸」。

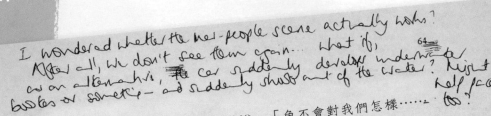

I wondered whether the mer-people scene actually works? After all, we don't see them again... what if, as an alternative, the car suddenly develops underwater brakes or something — and suddenly shoots out of the water? Might help too? 64

「喔，好吧——一條魚，」哈利說，「魚不會對我們怎樣……我還以為牠也許是那隻大烏賊。」

哈利頓了一下，他真希望他沒有想到那隻巨無霸烏賊。

「牠們數量很多欸，」榮恩說，轉身望著後車窗外面。

哈利感覺彷彿有許多小蜘蛛爬上他的背脊，車子四周一片漆黑。

「如果只是魚……」他又說。

接著，有個哈利這輩子從來沒想到會看見的東西游進亮處。

那是一個女的，一頭烏黑濃密的長髮像水草似的纏在一起，在她四周漂蕩。她的下身是一條鐵灰色的有鱗片的巨大魚尾；她的脖子上掛著用繩子串起的貝殼與小圓石；她的皮膚是淺銀灰色的，一雙眼睛在車頭燈的照射下閃爍，看上去烏黑而陰沉。她的尾巴用力一拍，游進黑暗中。

「那是人魚嗎？」哈利說。

「總之，不是巨無霸烏賊。」榮恩說。

他們聽到嘎吱嘎吱的聲音，車子忽然開始移動。

哈利爬過去，把臉貼在後車窗上。大約十隻人魚，有長鬍鬚的男人魚，也有長頭髮的女人魚，正合力頂著車子，用力拍打牠們的尾巴。

「牠們要把我們帶去哪裡？」榮恩驚慌地說。

他們先前看到的那隻人魚用她銀色的手拍哈利旁邊的車窗，然後比出一個轉圈的手勢。

「我想牠們要把我們翻轉過來，」哈利立刻說，「抓穩了。」

他們抓住門把，然後那些人魚緩緩使力，車子翻轉過來四輪朝下，激起一大片混濁的泥水。嘿美又在牠的鳥籠內用力鼓動翅膀。

現在人魚將粗細不一的水草綁在車身上，水草繩的另一端繫在牠們自己的腰上，於是，在前座的哈利與榮恩大氣不敢喘一下的情況下，牠們又拖又拉……車子脫離湖底升上來，被人魚拖上水面。

「好耶！」當他們透過泡在水中的車窗看到滿天星斗的夜空時，榮恩不禁喊道。

前面的人魚看起來很像海豹，當牠們將車子拖向湖岸時，隱約可見牠們光滑的頭部。到了距離湖草岸邊還有數呎時，他們感覺車輪又再度接觸到湖邊的石子地，人魚沉下去不見了，接著，第一隻人魚從哈利旁邊的車窗外冒出來，並拍打窗戶。哈利立刻轉過身來。

「我們只能把你們送到這裡了，」她用一種奇怪的嗓音說，那種聲音既尖銳又沙啞。「淺水區的岩石很銳利，但人的腳不像魚鰭那麼容易割傷……」

「不，」哈利急忙說，「我們還沒有向你們道謝……」

人魚尾巴一拍，不見了。

「行了啦，我餓死了……」榮恩說，全身簌簌發抖。

他們費了好一番力氣才打開車門，帶著嘿美和斑斑，鼓起勇氣跳進冰冷的水中，水深大約到哈利的大腿，兩人涉水到岸上，離開湖面。

「人魚不像書上看到的那麼漂亮，不是嗎？」榮恩說，試著把他的牛仔褲擰乾一點，「當然，牠們住在湖裡……如果住在溫暖的海中，也許……」

哈利沒有回應，他在擔心嘿美，牠在這趟魔法旅程中顯然有點不勝負荷。他打開牠的籠子，牠立刻振翅高飛，飛向學校所有的貓頭鷹棲息的高塔。

食鳥蜘蛛

瑪麗亞・西碧拉・梅里安（1647-1717年）是一位自然學家及動物插畫家，以對南美洲昆蟲的開創性研究而著稱。梅里安於1669-1701年期間在蘇利南（位於南美洲東南岸）從事研究，下面的圖片就是她的插畫作品之一。梅里安在她的南美探險中發現許多歐洲人從未見過的昆蟲。當她發布這張巨型食鳥蜘蛛的圖片時，人人都以為那是她捏造的，一直到1863年，人們才終於接受這種蜘蛛的存在。

瑪麗亞・西碧拉・梅里安，《蘇利南的昆蟲蛻變》（Metamorphosis Insectorum Surinamensium，阿姆斯特丹，1705年）
——大英圖書館

榮恩與哈利
遇上「阿辣哥」

從那張朦朧穹型蛛網的正中央，緩緩爬出了一隻跟小象一般大的蜘蛛。牠那毛茸茸的黑色身體與長腿已略顯花白，而在牠那鑲著鉗爪的醜陋頭顱上，有著八隻乳白色的無神眼珠。牠是瞎子！

《哈利波特：消失的密室》

吉姆・凱筆下的這張巨蜘蛛「阿辣哥」插畫，細膩的呈現出《哈利波特：消失的密室》中，哈利與榮恩在禁忌的森林內見到的阿辣哥身上的每一個恐怖的細節。背景中，數百隻蜘蛛腿與尖刺的樹枝真假難辨，層層疊疊的蛛網在哈利魔杖的光線照射下閃閃發亮。

你知道嗎？

瑪麗亞五十二歲時帶著她的二十一歲女兒桃樂絲出發前往蘇利南，對這兩位女性而言，此舉在1699年是極不尋常的現象。在那個時代，一般人對女性的要求是待在家裡照顧家庭。

吉姆・凱繪製的「阿辣哥」
——布魯姆斯伯里出版公司

鳳凰極為長壽，
因為當牠身體開始衰老之時，
牠會浴火重生，
像隻雛鳥一樣從灰燼中新生。

吉姆・凱繪製的鳳凰

——布魯姆斯伯里出版公司

鳳凰「佛客使」

一隻像天鵝般大的深紅色怪鳥出現在石柱頂端，對著拱形天花板高唱出怪誕的音樂。牠有著一條跟孔雀尾巴一般長，金光閃閃的燦爛尾巴，和兩隻閃亮的金色鳥爪，牠的爪子上抓著一個破爛的包袱。

《哈利波特：消失的密室》

吉姆・凱在這張美麗的插畫中，用鮮豔的色彩繪出鳳凰的羽翼。這隻鳳凰有銳利的棕色眼睛，鮮藍色的爪子和橘紅色的鳥羽，以及一條耀眼奪目的長尾巴，很像一隻天堂鳥。

浴火重生

這本13世紀的動物寓言集中的這一頁描繪的是鳳凰（Fenix，又名phoenix）。根據文中敘述，牠之所以取名為Fenix，是因牠的顏色是高貴的「腓尼基紫」（Phoenician purple），又因牠的獨特而得名。牠的棲息地在阿拉伯，壽命長達500年。牠最顯著的特點是能在衰老時又再度重生。牠會將樹枝與植物搭成一座小山，然後振翅其上浴火焚身，火舌將鳳凰吞噬後，經過九天九夜，牠會再度從灰燼中煥然新生。

一本中世紀的動物寓言集中的鳳凰
（英格蘭，13世紀）
——大英圖書館

THE PHOENIX

PAST, PRESENT, FUTURE

過去, 現在, 未來

最後一縷霧氣消散在秋日的空氣中,火車繞過轉角,
哈利仍在舉手默默告別。 《哈利波特:死神的聖物》

自從《哈利波特:神秘的魔法石》在1997年出版後,哈利波特為全球波特迷帶來無比的歡樂。其後,J.K.羅琳為了幫助慈善機構,又陸續寫了三個外篇(《穿越歷史的魁地奇》、《怪獸與牠們的產地》和《吟遊詩人皮陀故事集》)並協同編寫舞台劇《哈利波特:被詛咒的孩子》第一部&第二部,以及撰寫《怪獸與牠們的產地》電影劇本。現在,且讓我們來看看這個著名的少年巫師之旅及他的未來……

插畫版《哈利波特:神秘的魔法石》

這個獨一無二的第一版《哈利波特:神秘的魔法石》(見下頁)中有J.K.羅琳的親筆素描與注釋,它在2013年的一項慈善活動中拍賣,所得捐助「英國筆會」與慈善組織「路摸思」。J.K.羅琳在這本書中畫了二十幅原創插圖,包括在德思禮家門口的襁褓中的哈利波特、陰沉的石內卜教授,以及附有注釋的霍格華茲盾徽。這本總共四十三頁的小書中有注釋、有插圖——J.K.羅琳在附記中回憶《哈利波特》系列與電影,並加以註解。她還在扉頁上寫了簡單的一句話:「永遠改變了我的一生。」

Harry Potter and the
Philosopher's Stone

J. K. Rowling

I remember practising my new signature, having added a 'K' at my publisher's request. It's there for my late and truly lamented paternal grandmother Kathleen, who listened to me making up stories with every appearance of delight + interest, God bless her.

BLOOMSBURY

Harry Potter and the Philosopher's Stone

changed my life forever.

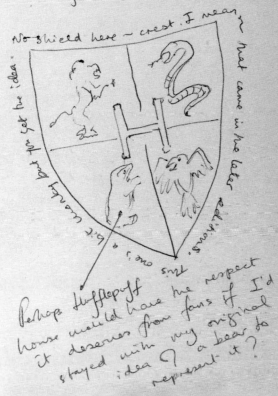

No shield here - crest. I mean that came in the later editions, but I'd forget he idea.

Perhaps Hufflepuff house would have the respect it deserves from fans if I'd stayed with my original idea? a bear to represent it?

corner he stopped and took out the silver Put-Outer. He clicked it once and twelve balls of light sped back to their street lamps so that Privet Drive glowed suddenly orange and he could make out a tabby cat slinking around the corner at the other end of the street. He could just see the bundle of blankets on the step of number four.

'Good luck, Harry,' he murmured. He turned on his heel and with a swish of his cloak he was gone.

A breeze ruffled the neat hedges of Privet Drive, which lay silent and tidy under the inky sky, the very last place you would expect astonishing things to happen. Harry Potter rolled over inside his blankets without waking up. One small hand closed on the letter beside him and he slept on, not knowing he was special, not knowing he was famous, not knowing he would be woken in a few hours' time by Mrs Dursley's scream as she opened the front door to put out the milk bottles, nor that he would spend the next few weeks being prodded and pinched by his cousin Dudley ... he couldn't know that at this very moment, people meeting in secret all over the country were holding up their glasses and saying in hushed voices: 'To Harry Potter – the boy who lived!'

Harry Potter rolled over inside his blankets without waking

out that grubby little package. Had that been what the thieves were looking for?

As Harry and Ron walked back to the castle for dinner, their pockets weighed down with rock cakes they'd been too polite to refuse, Harry thought that none of the lessons he'd had so far had given him as much to think about as tea with Hagrid. Had Hagrid collected that package just in time? Where was it now? And did Hagrid know something about Snape that he didn't want to tell Harry?

Snape, brooding on the unfairness of life

由J.K.羅琳親手繪製插圖並注釋的
《哈利波特：神秘的魔法石》
（約2013年）

——私人收藏家

＊正在思考人生的不公平的石內卜

《鳳凰會的密令》寫作計畫

這些《鳳凰會的密令》寫作計畫凸顯出這個故事線有多麼錯綜複雜與緊密交織。下列圖表是J.K.羅琳最初的寫作計畫，部分章節的標題與前後次序在後來發行的版本中略有更動。

「這些計畫大約是在2001年2月擬定的。寫完《神秘的魔法石》時，我已經把幾個續集的大方向都想好了。我大概知道誰會死和死亡的地點，以及這個故事會在霍格華茲大戰中結束。」

J.K.羅琳的《哈利波特：鳳凰會的密令》寫作計畫手稿

——J.K.羅琳

J.K.羅琳（2017年）

NO	TIME	TITLE	PLOT	PROPHECY / Hall of Prophecy	Cho/Ginny	D.A.	O & P	Snape/ Harry + fake	Hagrid + Grawp
13	OCT	Plots and Resistance	Snape lesson – Harry skips to go. Harry, Ron + Herm go to Hogsmeade, meet Lupin and Tonks – cart talk, Umbridge tailing – pass note. Hag recruiting for O & P. Hagrid fresh injuries.	Harry sees... Vol still formulating his plans. Nature of hex - DES cable to set in t	Cho in Hogsmeade – wants to join O & P	Tonks + Lupin	recruiting	Harry skips lesson to recruit to O & P	Hagrid still being viewed – blood stains – 'he's realise smthg that's not his letter'
14	NOV	The Order of the Phoenix	First meeting of the Order of the Phoenix	Hall of OP. Sirius snake on Harry's eyes	Cho + Ginny both present	Umbridge now searching hall	First meeting	Harry still skipping Snape lesson	"
15	NOV	The Dirtiest Tackle	Quidditch versus Malfoy – Harry suspended following attack on him after Cedric taunt – that night, sleepless, watches etc – Cho sees. Watch – Umbridge etc – Cho sees. Nagini attack.	Nagini attacks Mr. W.	Cho now madly in love	firehead. *			
16	NOV	Black Marks	Row re: skipping Snape lessons - Harry really in dog house. He offers. Over ew to Xmas. Herm contacts Rita - Hogsmeade Xmas shopping.	Nagini got in, Vol has confirmation of Bode's story - only he + Harry can touch the prophecy	Cho kiss? Ginny talk about fancying Harry	Ron + rest of DA called in to be told of fake injury	Reactions - another meeting? overview	Ron about Harry not going	Hogwa still setup injuries
17	DEC	Rita Returns	Snape lesson / Xmas shopping / Hogsmeade. They meet Rita	Rita information 'Missy' slipkiss	Harry now avoiding Cho a bit - Ginny + S.O. close?	O & P	Another lesson	Hagrid hospital wing	
18	DEC	St. Mungo's Hospital for Magical Maladies and Injuries	St. Mungo's visit Xmas Eve - see Bode (Macnair visiting) see Lockhart see Mr Weasley Neville	NOW VOL IS ACTIVELY TRYING TO GET HARRY TO H & P - very vivid - could see him	Ginny + Dad. Herm + Ron, Ginny + boyf Ron Sirius maps	around Sirius here Big reunion			
19	DEC	(Xmas)		Bode dead. H & P again			O & P big meeting	Snape lesson H can mention H & P Prophecy	Kicked out of hospital now going into forest amidst spiders etc
20	JAN	Extended Powers of Elvira Umbridge	Harry misses match v. Hufflepuff. Order of Phoenix now suspected by Umbridge & why, went & saw match.	Harry fighting it off. Harry trying to shut off visitors but not successfully			O & P big meeting	Snape lesson H can mention H & P Prophecy	Kicked out of hospital now going into forest amidst spiders etc
21	FEB	(Valentines day)	with Cho. Hogsmeade - Trelawney out. Firenze replaces back. G time. Rita reports back on Bode etc. Snape lesson		Valentine date with Cho - U miserable - they could row.	got to keep - Xmas + Lupin	O & P	Snape goes ape at Harry because he quit	
22	FEB	Cousin Grawp	Umbridge now really gone for Hagrid - Firenze teaching. Hagrid + H&H go to prophecy + prophecies. warn Hagrid re Umbridge. Grawp	Harry fighting it off		good week	O & P	Snape goes ape at Harry because he quit	
23	MARCH	(Treason)	Easter - discovery of O & P - Dumbledore takes the rap xx - Azkaban	Harry trying to shut it - blacked out	Cho wants Harry back - another row	good week		Snape increasingly oppressive	
24	APRIL	(Careers) Guidance	Careers consultation. Aunt. Order of Phoenix continued - Ginny has doubts on the wall in temper. Snape lesson	Harry starts to get it	firehead	see plot Meeting - trying to hotfoot up w/ H + G	firehead		Hagrid clearing into refusing to join refusing to abandon Grawp

NO.	TIME	TITLE	PLOT	PROPHECY	CHO/GINNY	D.A.	O.P.	Harry/Dad/Snape	Hagrid & Grawp
1	Aug	Dudley Demented	Harry desperate for information – Contact-letters circumspect – desperate to rejoin Weasleys – listens to news – ~~not~~ Dudley showdown – meets Dementor – Mrs. Figg	↗ but badly informed – thinks anyone can take – L.M. + Mac casing joint / Vol plotting Bode / Lucius Malfoy to put B. under Imperius					Still with giants
2	Aug	A Peck of Owls	Confused letters from Ministry – Harry to bed very worried – newspapers (D.P.s) 'Missy' Slipkiss	"				Mention of Snape obliquely by Aunt P.	Still with giants
3	Aug	The Auror's Guard	Moody, Tonks and Lupin turn up to take Harry to Grimmauld. Finish on entry to kitchen	"			announce rental of small room in D.A.		Still with giants
4	Aug	12, Grimmauld Place	(Percy) F+G playing – Dinner + masses of information 'Missy Slipkiss' → Sirius explains Fudge's standpoint. Ginny cheeky + funny – Mrs. W. worried House-elf George + V. + Hermione?	LM to put Bode/ anyone from Dept Myst under Imperius if get chance	See plot	Meet for 1st time – explicit aims		Snape not present. Hint why	Still with giants
5	Aug	The Ministry of Magic	Interrogation – Mrs. Figg witness – Dumbledore too – See entrance (Percy) Dept. of Mysteries	LM hangs around Min. on excellent terms with Fudge (puts Bode under)		Still around			Still w. giants
6	Aug	Mrs. Weasley's Worst Fears	The clock – Mrs. W's premonitions of doom – (Percy) etc – 'Missy' ~~Slipkiss~~ S? / Harry more 'up to' + Hermione rejects discussion Hermione?	Bode is under/and under orders to proceed v. cautiously	Ginny here / Ginny/ Hermione/ Tonks	around / Sirius farewell until xmas			Still with giants

這些計畫同時標出各個角色在這本書的不同階段的所在地。例如，在前九章中，海格仍然與巨人在一起，而哈利在神秘部門時發現預言就藏在裡面。在這些計畫中，聚集在一起練習黑魔法防禦術的秘密學生團體被取名為「鳳凰會」（縮寫為「OofP」）；而由一群反黑魔法的巫師和女巫所組成的正式反抗軍，則被取名為「鄧不利多的軍隊」（縮寫為「D.A.」）。

吟遊詩人
皮陀故事集

我把我手頭的一本《吟遊詩人皮陀故事集》送給妙麗·珍·格蘭傑小姐，希望她覺得這本書既有趣又有啟發性。

《哈利波特：死神的聖物》

2008年，哈利波特完結篇的書名公諸於世後，《吟遊詩人皮陀故事集》也在同年對全球發行，所得捐助慈善組織「路摸思」。在《死神的聖物》中，鄧不利多把他自己那一本以古代神秘文字書寫的《吟遊詩人皮陀故事集》遺留給妙麗，裡面有幾則魔法世界耳熟能詳的床邊故事。

這本《吟遊詩人皮陀故事集》是由J.K.羅琳親筆抄寫的，皮革製的封面上鑲嵌具有特殊意義的寶石，裡面並有J.K.羅琳手繪的插圖，例如這個樹椿就是〈巴比兔迪迪和咯咯笑樹椿〉故事中的樹椿。

J.K.羅琳的手抄本
《吟遊詩人皮陀故事集》
——私人收藏家

Babbitty Rabbitty
and her Cackling Stump

The Tales of
Beedle the Bard
translated from the
original runes
by
JK Rowling

A long time ago, in a far
off land, there lived a foolish
King, who decided that he
alone should have the
power of magic.

魔法師的
毛茸茸心臟

這是J.K.羅琳的《吟遊詩人皮陀故事集》其中一個故事的手稿，是J.K.羅琳所寫的〈三兄弟的故事〉之外，另外四個魔法童話故事中的一個。

這件手稿概述這個故事的情節與精髓，但在發行的版本中又增添了一些內容。故事中舉出一個事例，說從前有個魔法師使用黑魔法保護自己，使他不像人類那麼脆弱。魔法師長期封閉他的心，不讓它接觸到愛，結果使他的心變得「兇殘粗暴」，最終釀成悲劇。

你知道嗎？

〈三兄弟的故事〉是《吟遊詩人皮陀故事集》中的另一個故事。故事敘述有三個兄弟試圖利用魔法，從死神那裡智取所謂的「死神的聖物」。這幾樣神奇寶物長久以來一直是人們爭論的主題，哈利和他的朋友們最後發現，原來這些寶物都真實存在。

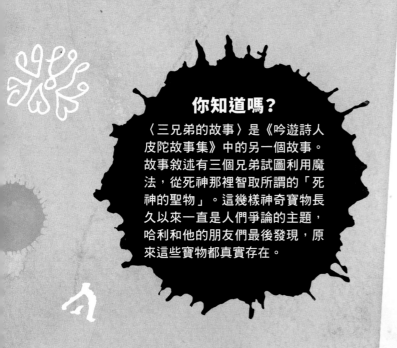

> 但是那顆長毛的心意志比他更堅強，不肯放鬆對他感官的控制，也拒絕回到長期囚禁它的水晶棺。

《吟遊詩人皮陀故事集》

maiden ~~~~ came to condole with the warlock's
mother ~~upon~~ ~~she was a most gifted~~ ~~this~~ ~~ ~~
~~upon her father's death.~~

The young witch was beautiful, and gifted, ~~&~~ and her
family had much gold. The warlock had no heart to
feel, yet he ~~~~ could understand the man
who married such a maid, ~~for~~ whose beauty would
excite envy in other men, whose magic could
~~assist a ~~enable~~ ensure a comfortable life~~
~~secure the comfort of her husband,~~ and whose gold
assist her husband's ambitions, and whose gold
would ensure his comfort. / Coldly and deliberately,
he began to pay court to the maid. She was both
fascinated and frightened.

'You seem not to feel,' she said wonderingly.
~~Have you a heart?~~ 'If I thought you truly had
a heart...'
The warlock understood that a show of feeling
was necessary to secure her hand, so he returned,
for the first time in ~~~~ many years, to the place
where he had locked up his heart.

~~He had forgotten~~
The heart was smaller by far than he
remembered, and much hairier. Nevertheless he
removed it from its enchanted ~~~~ box and
replaced it within his own breast.
But the heart had grown savage during their
long estrangement. ~~It had known desire without feeling~~
~~the approach~~ ~~madness~~ It beat fast within him, ~~lust within~~
~~and through his veins~~ ~~there flowed~~ spreading and what it spread
~~like poisoned wine~~
He returned to the maid

J.K.羅琳的
〈魔法師的毛茸茸心臟〉
手稿
──J.K.羅琳

《哈利波特：
被詛咒的孩子》
舞台設計模型 ✳

由J.K.羅琳、傑克·索恩及約翰·帝夫尼三人合作的原創新故事《哈利波特：被詛咒的孩子》，由傑克·索恩編寫成一齣舞台劇，2016年7月30日在倫敦「皇宮劇院」首演，上演迄今已獲得許多獎項，包括「奧利佛最佳舞台設計獎」。這個模型展現一種令人回味與靈活的設計，是在舞台上演的劇場魔法中不可或缺的一環。由克里斯汀·瓊斯設計的這個舞台模型，協助創意團隊制訂上演一齣舞台劇的重要細節──最終使哈利波特的世界生動的呈現在觀眾面前。

在倫敦西區「皇宮劇院」
上演的《哈利波特：被詛咒的孩子》
原創舞台劇。

——《哈利波特：被詛咒的孩子》
由索妮亞·弗利德曼製作公司、柯林·凱蘭德，
及哈利波特劇場製作公司共同監製。

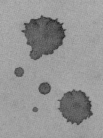

由克里斯汀·瓊斯與布瑞特·巴納吉斯設計，
瑪莉·漢姆瑞克、艾美莉雅·庫克、金亞倫、
艾美·魯本及凱爾·希爾製作的舞台模型。

怪獸

《怪獸與牠們的產地》最早是在2001年以虛擬作家紐特·斯卡曼德之名發行，用以響應慈善組織「喜劇救濟」的募款活動。以下這四張圖是2017年發行的《怪獸與牠們的產地》繪本中所附的插畫。由插畫家奧莉薇雅·洛門齊·吉爾繪製的這幾幅插畫，都是紐特·斯卡曼德在這本書中提到的怪獸。鳥形龍是一種半鳥半爬蟲類的生物，牠有一對巨大的翅膀，長而尖的喙，及鋒利的爪子。紫角獸是一種性情非常兇猛的生物，背上有肉峰，頭上一對又長又尖的角，巨足有四趾。紅眼怪據形容體型如一頭大犬，頭上有兩隻角，一對殷紅閃亮的眼睛及長獠牙。鷹馬有個巨鷹的頭和馬的身體。牠可以被馴服，但是得由專家出手才行。

奧莉薇雅·洛門齊·吉爾繪製的「鳥形龍」
——布魯姆斯伯里出版公司

奧莉薇雅·洛門齊·吉爾繪製的「紫角獸」
——布魯姆斯伯里出版公司

奧莉薇雅·洛門齊·吉爾
繪製的「紅眼怪」
——布魯姆斯伯里出版公司

《怪獸與牠們的產地》電影劇本

2016年發行的電影版《怪獸與牠們的產地》，被標記為第一部探索魔法世界新紀元的影片。這個電影劇本中有J.K.羅琳的親筆註記。

這是J.K.羅琳編寫的第一部電影劇本。寫電影劇本的過程和寫小說有很大的差異，它需要更多的協調，在電影拍攝過程中，幾乎每一階段都需要修訂。導演大衛·葉慈（David Yates）提到與J.K.羅琳討論這個劇本時，她會改寫、重新建構，為她筆下的角色與世界增添令人驚歎的細節，充分發揮無限的想像力。這個劇本代表這部影片與紐特·斯卡曼德的世界的發展骨架。

奧莉薇雅·洛門齊·吉爾繪製的「鷹馬」
——布魯姆斯伯里出版公司

J.K.羅琳親筆註記的
《怪獸與牠們的產地》
電影劇本打字稿
——J.K.羅琳

哈利波特：
魔法的歷史

2017年，大英圖書館為慶祝《哈利波特：神秘的魔法石》問世二十週年紀念，特舉辦一項受到《哈利波特》系列書籍中的魔法所啟發的盛大展覽，「哈利波特：魔法的歷史」。

從中世紀時代對龍與鷹頭獅身怪獸的描述，到魔法石的起源，以及令人驚歎的里普利卷軸中的插圖，這項展覽充分展現形成哈利波特故事核心的民俗與魔法傳統。

這項特展結合了大英圖書館的百年歷史珍藏，以及《哈利波特》出版商布魯姆斯伯里出版公司與作者J.K.羅琳個人擁有的許多難得一見的珍貴資料。

在大英圖書館的策展專家精心擘劃之下，這項展覽涵蓋人類史上長達數千年的魔法歷史與傳統，用以紀念《哈利波特：神秘的魔法石》出版二十週年，無疑是最適當的方式。

大英圖書館

朱利安・哈里森是大英圖書館中世紀及近代早期手稿研究員，負責照管《大憲章》這類歷史文獻，以及大英圖書館的館藏珍品「盎格魯撒克遜手稿」。他在這項特展中最喜愛的一件文物是描繪如何製造魔法石的神秘的《里普利卷軸》。

亞歷山大・洛克為大英圖書館近代檔案及手稿研究員，雖然他負責照顧的館藏品大部分都書寫在紙張或羊皮紙上，但他同時也負責照顧其他更不尋常的文物，包括一位名作家的眼鏡、一位已故詩人的骨灰，以及一位俄國沙皇的手套！他在「哈利波特：魔法的歷史」特展中最喜愛的一件文物是烏立克・莫利托的著作《關於女巫與女占卜師》，因為裡面有古代的巫術插圖。

譚雅・克爾克為大英圖書館珍本書籍研究員，負責照顧四百年前印刷的書籍。她在「哈利波特：魔法的歷史」特展中最喜愛的一件文物是一本大約在1680年著述的小書《簡述蛇妖或雞蛇的本質》，這種傳說中的恐怖生物看起來似乎一點也不可怕！

喬安娜・諾里吉為大英圖書館當代文學檔案及手稿研究員，她負責照管作家的書信、日記及手稿，例如內含《老負鼠的貓經》（Old Possum's Book of Practical Cats）原始詩作的T.S.艾略特書信。她在「哈利波特：魔法的歷史」特展中最喜愛的文物是所有J.K.羅琳的手稿，因為它們為哈利波特的世界創造了生命。

J.K.羅琳

J.K.羅琳的《哈利波特：神秘的魔法石》在1997年6月26日首度發行，直至今天，哈利波特全系列七部小說一直是全球暢銷書之一，在全世界兩百多個地區的銷售量超過四億五千萬本，被翻譯成80國語言。2001年，J.K.羅琳獲頒「大英帝國勳章」，表彰她在兒童文學方面的傑出貢獻。

在《哈利波特》系列小說陸續發行期間，J.K.羅琳始終創作不懈，成績斐然。

「我一直在寫小說。」 J.K.羅琳

她在2012年出版她的第一部成人小說《臨時空缺》，並以羅勃·蓋布瑞斯的化名撰寫一系列偵探小說。2012年，J.K.羅琳推出官方網頁Pottermore，粉絲可以從這個網站欣賞到相關的新聞、特寫與文章，以及由J.K.羅琳親自撰寫的文稿。

J.K.羅琳並且發起成立國際性兒童慈善組織「路摸思」，力謀終止全球禁錮精神病兒童的體制化措施，期使所有兒童都能在安全與妥善照顧的環境下成長。J.K.羅琳特別抄寫了七本特殊版本的《吟遊詩人皮陀故事集》，其中一本在2007年公開拍賣，將籌募到的一百九十五萬英鎊善款捐贈給「路摸思」組織。

J.K.羅琳透過她自己創立的「維蘭特慈善信託」大力支持其他許多公益機構，並透過以她的母親安妮·羅琳為名成立的「安妮羅琳再生神經診所」，支持多發性硬化症的醫學研究。

J.K.羅琳在2016年獲頒「國際筆會文學服務獎」，肯定她是一位備受讚譽的作家，表揚她的作品體現了國際筆會反對任何形式的壓制與捍衛人性至善至美的使命。

「一位才華橫溢的說書人，強力反對審查制度，倡議婦女及少女的權益，堅定捍衛受教育的機會，羅琳利用她能使用的一切工具，為我們的兒童創造一個更好、更公正的世界。」

美國筆會主席／安德魯·所羅門

令哈利波特迷歡欣鼓舞的是，2016年在倫敦首演一齣由傑克·索恩與約翰·帝夫尼共同編導的新舞台劇《哈利波特：被詛咒的孩子》第一部&第二部；同時被標記為J.K.羅琳的電影劇本處女作的《怪獸與牠們的產地》影片也已在全球推出，為我們開啟了一個魔法世界的新紀元。

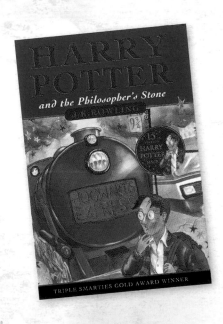

致 謝

J.K.羅琳同意使用她的個人收藏。

吉姆・凱與奧莉薇雅・洛門齊・吉爾同意使用他們的藝術作品。

撰稿：克蕾兒・葛瑞斯、吉兒・阿布思諾特

38a The Shop：曼迪・亞契

布魯姆斯伯里出版公司：史黛芬妮・阿姆斯特、瑪莉・貝瑞、依莎貝兒・福特、莎絲琪亞・葛溫及布隆妮・歐雷利

大英圖書館：羅勃・戴維斯、艾比・戴伊、莎莉・尼科斯

設計：莎莉・葛里芬

封面設計：詹姆斯・弗雷瑟

圖片來源